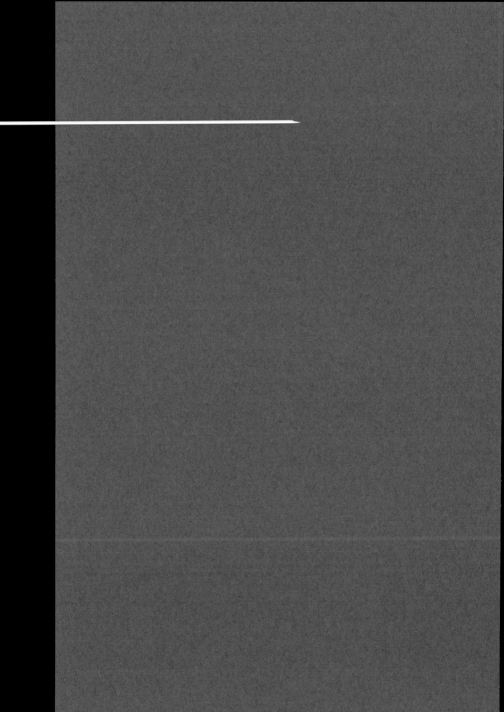

楊克詩選

竹内新 編訳

思潮社

楊克詩選

竹内 新編訳

思潮社

目次

I

II

III

散文

装幀＝思潮社装幀室

I

地球——リンゴの半分

私が西海岸の夜明けに目を覚ませば
東の方ではちょうど君が夜へ入ってゆくところ
地球は一個のリンゴであり
アルファベットのO　神がバットを振って
ジャストミートしたボール　宇宙をころころ絶えず転がっている
私はアメリカ的なこの喩えがとても気に入っている
だが私は祖先の太極思想に心酔しているのだ　物事の天地は
ちょうど互いに尻尾をくわえて頭と尻尾がつながる陰陽魚のようなものだ
この概念は地球であるおまえによってとりわけ明晰になるのだ

目にくっきり映るのは二本松
曲がりくねってごわごわ硬い枝は　荒れ狂う風を固めた形
震える葉の針はおびただしい金糸を振るい落とし

浅い池には二羽の野鴨
その緑色の羽毛に朝の光が流れている

私が岸辺の板張り通路に沿って早朝トレーニングをすると
浪は海の白い皮膚　世界をゆっくり開いている
澄み切った空は溶けてゆき　雲はあふれ出た牛乳のようだ
一枚　太陽金貨が浮かんでいる
第八地区の曲がり角で
肥った黒人娘二人に再び出会えば
友好的な「ハーイ」に　頭上のカモメの鳴き声が呼応する
どこまでも青く突き抜ける海
一瞬のうちに地球のもう半分まで届くのだ
日の出から日の入りまで
その間の距離には幾重にも続く関所や山々だけではない
街明りもまたゆっくりとやって来るのだ
人声の沸き立つ生鮮食品卸し市場も
私たちは間近に通り過ぎてゆくのだ　二株の青々と育った野菜のように

昏睡状態の騎楼*は黄ばんだ紙のようだ
風は気ままに吹き呆け　夜の肌はシルクのように爽やかだ
月という白い額　星という目
光はあらゆる片隅に満ち溢れ
このとき私は望郷の雉の鳴き声を二つ三つ聞く
おまえの短い便りは
鯨のように太平洋を横切り
リンゴともう一つのリンゴが
手の平に　東半球と西半球は
そんなに近い　隣の女の子のようなものだ

二〇一四年五月

訳注

*騎楼　一階の、道路に面した部分が、公共の通路になっている建物。或いは、二階より上の部分が、歩道の上に突き出ている建物。商店街などで、日除け、雨避けになる。

関係と無関係

鳥インフルエンザは鶏・アヒルと関係があり　A型インフルエンザは豚とは無関係だ
サーズはハクビシンと関係があるのか依然としてはっきりしない
これは医学の問題ではない　言葉を操れる人間が動物を身代わりにして罪を着せるのだ
本を盗むのは盗みとは言わない　フライドポテトもジャガイモと同じではない
下落も成長という名目を頼りとすることができる
話すことのできない動物は　無実を証明するための弁護士を探し当てられない

九・一一と基地には関係があり　ヒズボラはアラーとは無関係だ
現在のアフガンの爆発騒ぎがラディンと関係しているか無関係か　はっきりしない
ラディンとはハクビシンなのだ　岩穴　木の洞　洞穴のなかで
センザンコウ　モグラの肩や腕に手を回し　昼は身をひそめ夜になると出てくる
アメリカ人が彼に対処しようとすれば野生動物にならなければならない　興味津々だ
（アメリカのスパイ衛星は大通りをゆく美女の腕にある分針を撮影することができるというのに

どうしてラディンの腕時計を撮影できないのだろう?)

イラクと大油田には関係があり　サダムは大量殺戮兵器とは無関係だ
オバマの平和賞はブッシュ二世と同じ指導者としてのつながりが少しはある
もしブッシュ二世が好戦的でなかったなら　オバマに平和を語る好機が訪れただろうか?
火薬を売ることで先ず豊かになったヨーロッパが
西へ東へ討伐に出てゆくアメリカに賞を与える　可笑しい　可笑しい
部隊増派は平和のため　反テロ作戦は休戦のため

数日前のこと長距離バスのなかで咳をする二人の出稼ぎ労働者が
正に危うく雑誌「時代週刊」のその年を代表する中国労働者に認定されるところだった
彼らは乗客全員の投票によって極寒の地に身を投ずることがきまったのだった
この国においては多くの人が　民主とは無関係だというふりをしている
だが彼らは時にはこっそり霊験あらたかなこの宝物を使わざるを得ないのだ
それを用いて　彼らよりももっと弱くて小さい寄る辺ない人たちに当たるのだ

二〇〇九年十二月二十四日

ゲーテ旧居

ガイドのカールトンがあたふたと駆けつけて同業者と言葉を交わしている
私は明け方の飛行機を降りたばかり　まともに歯磨きする余裕もなく
ましてや身繕いにまで手が回らないのは言うまでもない

遠く　蔦のびっしり這い登る冷たい風のなかに
あなたの頭部がひっそり隠れるように見える
落ち着きのある静かな眼差し
木の葉は切り妻壁を背にさらさら手拍子を取っている

平仄のある中国語でノックして
あなたの二千五百篇の詩のなかへ歩み入る
青々とした柳が塀の上の秋の気配を突き破り
ドイツ語音節の強弱抑揚が

二羽のコウライウグイスを驚かせ鳴かせ飛び立たせる

まず始めにレリーフの前に立ってあなたといっしょに写真に納まる
私の身体はジーンズを穿いて西洋の格好
心は依然としてふんわり中国服を羽織っている
東西の詩人は各々の方向をじっと見つめている

そこに長時間　私は踵をめぐらして井戸端を通ってゆく
片隅に築かれた竈へと　暖炉の薪投入口へと
近寄れば　冷え切った頬に
台所のぬくもりがぴったり寄り添ってくる

鏡の奥深くに
料理する女の忙しない影の揺らいでいるのが見える
焼き上がったばかりのケーキからはまだ熱が立ち昇り
彼女は玉ねぎを一皮一皮むき
鼻突く臭いに私は目にいっぱい涙を溜める

あなたは《中徳四季朝夕雑詠》を歌い続けている
低く小さな声が私を二階へといざなう
「北京の間」には中国式壁紙が貼られている
青花の花瓶には　ウェルテルとシャルロッテが描かれているか？
折しも　傍らの音楽ホールでお嬢さんの手が
不意に起こった風のように
アップライトピアノを撫でた

ルイ十六世様式の渡りを通って
三階を訪れる　あなたの父母の部屋では依然として
精巧な作りの天文時計がチクタクチクタク動いている
闇夜にランプを提げてあなたの行く足元を照らした女中が
私を静かにあなたの生まれたベッドの脇へ連れてゆく
そこには裁縫箱がおいてあり
あなたの写真と　あなたの出生記事を載せた黄ばんだ新聞がおいてある
既に不朽のもの　赤ん坊の時の　その顔立ち

私たちの心は通じた

誰一人いない最も広いその展示室
あなたの本　あなたの手が書いた原稿と手紙が
詩歌の王の死後の寂寞のように
静まり返って　ガラスの戸棚に横たわっている

だがそこにあなたの悲しみはない
爆撃はあなたの旧居を砕いたが
あなたの詩歌を消し去ることはできなかった

四階の脚の高い文机の前に立てば
鵞鳥の羽のペンが斜めの板上をサラサラ移動している
あなたはずっと立ったまま創作していた
あなたは言っている　そこは我が田畑だ
我が遺産はなんと壮麗で　果てしなく遠く　果てしなく広いことかと

二〇〇九年十一月十九日

商品の間を散歩する

商品の間をぶらついていると　耳はペチャクチャお喋りでいっぱいになる
生命活動そのものも消費ということなのだ
揺れ動く無数の人影が
滑らかできれいな物体の表面を駆け回っている
脚が生み出す暴風　大時代なＢＧＭ
私の心は明るさに満ち　全身からめでたい気分が放たれる
五官は楽しみのうちにゆったりし
純銀の触覚によって都市の高みを撫でている

現代のエデンの園　物神崇拝の
神殿　私が願い望む安らぎの場所
福音に耳を傾け　暮らしの授かりものに感謝する
私の通る道は　どうしても通らなければならない道

そうすることによって私は物質に還り　人類の根にもどり
また別の意義の内に　新たな人生に入ってゆく
敬虔と畏敬を胸に抱いて　祈り
新世紀の戴冠のため
黄金の雨降るなかで　魂は再び洗礼を受けるのだ

一九九二年九月五日

風のなかの北京

風のなかの北京
自転車に乗る人
びっくりして舞い上がる一面の雀

ねっとりする空気はひどく汚れ
太陽はどんよりした薄暗がりにはまり込んで
黒ずんだ赤い月のようだ

昨日　昨日はまだ天高く爽やかな秋だった

ひらひら飛ぶ紙　形而上を飛翔する紙
脳天を掠め過ぎるビニール袋　膨らんだポリ袋
私には風の形がはっきり見える

木の葉は音を立て
頭も顔もほこりだらけの雀
チュンチュン鳴いて巣に帰る雀

地にこぼれ落ちる北京訛り

風は人に吹き車を下に見る
自転車に乗る私は
まっすぐな道に
矢のようにぴんと張っている

北京の風のなかを勢いよく飛ばし
賃借りしている部屋のドアに飛び込む

ドアをノックする二人の警官が
少年のころの軒下のことを思い出させる
私が鳥の巣に挿し入れた二本の指

一九九九年十一月二十四日

石油

I

現代文明を構成しているのは液体となっている岩石だ
その石のなかの冷えた炎の
零度の激情　黒い色の長い眠りは
時間の深淵に保たれてきた
水と火という絶対に相容れない要素が
事物の核心で見事に結合している
内にこもっている黒い馬
永劫の真夜中の血　呼吸を停止している波が
誰にも渡りようのない明るい川の流れを
上り下り駆け巡り
一つの世界からもう一つの世界に入ってゆくのだ

2

石油の死は生命の終わりなのではない
地獄から天国への　転換ということだ
一つの姿からもう一つの姿に変わるということだ
炎は鋭く尖った予言
綺麗な夢世界が死の輝きのなかに誕生し
火のなかで満開になる石油に　花びらは見えない
二十世紀は最も黒光りを放つ果実
連続する声は途切れず　石油はカオスとなって流れている
生と死が回文のようである石油の様々な様相は壮観だ
広大無辺の息吹は
物質空間に次第に浸み込み　精神空間にさえ浸み込む
プラスティックの食器　ワセリン　化繊織物
石油は全く石油を感じ取れない場所から湧き出てくる
石油は新時代の馬　薪　布　噴泉
女神ガイアの金のリンゴ　暗黒でもあり　最高の輝きでもある
今日　石油の動きが人の動きなのだ

石油の書き下ろす歴史は墨よりも黒い

3

ちょうど水中の波の痕跡のように　損傷は隠されている
大自然は一滴の石油のうちに二進も三進も行かなくなっている
魂は凹み　油田は人の心の渇きを癒しきれない
気ままに動き回って沸き立つ石油は　その行動範囲を決めるのは難しい
石油が間近に凝視するなかで
臨終に突然精神の高揚している緑色は純粋美の最高の境地だが
ホコリ一つない月光　澄み渡った美を
車のバックミラーのなかには引き留めようがないのだ

一九九三年五月六日

電話

I

磁性を帯びた声が　遠方から黒い鰻のように私めがけて泳いでくる
そのたびに　軟体の魚　電気を帯びた動物が
私の神経に纏いついてくる
君と私は互いに見えない　誰に見ることができよう
私たちは印象が遮られ隠されているなかを　互いに相手のところへ行き
きめ細やかに声を接触させるのだ

唇という花びらは　一瞬のうちに満開になり　また萎み
狭い通路は　岩穴の形をし
耳の貝には二人の符牒が入ってくる　互いに
慌ただしく尋ねてくる相手方が　向き合う相手　そして出口だ

自己表現はこの身体から出発して
告げられたもう一方の身体のなかへ消えてゆく
歯の稲妻は　肉体の暗闇へ埋もれる

2

電話はやりとりの怪物　手の赴くままに
開くことのできる対話のドア
思うままに空間を骨抜きにし　言葉の隠喩を消し去り
入念にしつらえた虚構の場面にすばやく人を連れてゆくのだ
それは電荷漫遊　可聴振動数への転換
言葉の出会いは実は錯覚の倍増
説明して訴えることと耳を傾けることとが張りつめた対立を形作っている
事を述べる隙間はまたたく間に流れ去る

意志疎通が途絶えるのはコードのせいではない　それは橋渡しの手段に過ぎない
心に通じ合うところがあれば幾らでもつながるのだ
縦糸横糸の両端　霊と肉の足並みのそろった感応と震えなのだ
生命のホログラフィー記号が不断に浸透してくるのだ

トカゲが草叢を通って行ったり来たりするようなものだ
果てしなく膨らんだ聴覚空間には尊大な怒りの声がある
言葉の行き違い事件に迷い込んで　自分で悟ることができず
渇望の様と感情がまつわりついて止まない

3

何も〈聞こえ〉ていない　何も〈言って〉いない
それでも愛は際限のない陥落だから　熱のこもった流れが手渡されたら
私たちはすっかり五官のスイッチを入れて　惑乱状態に入り込むのだ
目くるめく思いと笑みが双方向に投げかけられ
誰も他人の唾液が自分を汚すのを拒みようがない
〈自我〉と〈他者〉が互いを潤し合い
告白とそれを受け止める耳とは一つになり
電流の〈ビビビ〉という音のうちに　心は殻から出てくるのだ
神通力をもつ現代のシャーマンは
ドキドキ揺らめく心が思わず大声で歌い出せば
短い通話こそが一生の巡り会いなのだ

一九九六年四月十五日

駅

駅は大都市が古いものを吐いて新しいものを受け取るための胃だ
広場はその巨大な潰瘍
出口は下水道のようなもの　善玉悪玉入り混じって排出されるが
あんなに大勢の善人たちだ　米粒のように実直健康なのだ

十二種類の方言が激しくぶつかり合うところは間もなく正午の時報
十二人の突入者は時を同じくして向かう先を見失ってしまう
金儲けを考える羊飼いは北から南まで歩き
人波にもまれて初めて人の孤独を知る

きらきら光る広告板はダイヤのきらめきのような童話
その絵のなかの娘は故郷を恋しがっているのだろうか？
吹き過ぎる風　移動してゆく人　それぞれに慌ただしい

飽きもせずに鬼ごっこの疲れ知らず　それは警察と犯人だ

排気ガスと騒音が鉄柵を覆う
姿を見せない罠が最も平坦な地区の一面に散らばっている
人より先に高台を占拠しようとする戦いが日一日といきなり発生する
空の雀までも戦々恐々としている

鉄筋コンクリートの夢は四方に向かって拡大し
いつまでも整備されずに元のまま残された場所は何ともみすぼらしい
大動脈はそれぞれに遠方へと通じ
発育不良の心臓がそこにぽつんと引っ掛かっている

一九九〇年

真実の風景

もっと大きな都市だって　魂の避難所という
ことにはならない　飛翔する金属は　鷹ではない
鉄筋は都市の骨　コンクリートは
四方八方に氾濫してゆく肉
ガラスの際には欺きの寒さが透けている

数え切れない道路が生活の内部へ入り込んでいる
数え切れない出口が
四方八方へ通じているインターネットは
人を迷わせる世紀末の新鮮な風景だ
八仙人が海を渡る*という訳だ　八仙人が
海を渡れば
現代病シンドロームで死んでゆく貝殻は

糞便のように海の体外へ排泄される
漂うクラゲは深淵へ溶解してゆき
月光を失った空は　客観的だ　澄み切って明るい

光が四方を明るく照らすビルディングは噴水の水柱のように
セレブな生活をさらなる高みへ押し上げる　偽造の雨粒は
コンピュータからぽたぽた垂れる音が撒かれている
その全部のプログラムを
熟知している神はいない　交差点に
暗闇を突き破る灯りはない　今日
都市を通ってゆこうと思える光明はないのだ

八仙人は海を渡ってゆける

一九九四年三月十一日

訳注
＊八仙人が……　女神西王母の誕生日を祝うために、八人の仙人が、日頃愛玩する物を使って海を渡ったという伝説。転じて「各自が各々その特技を発揮する」或いは「各自が各々その本領を発揮して競い合う」という意味。

誰某

誰某は
三十六棟どれもそっくり同じの巨大な長方形ビルの
１ＬＤＫを独り占めにして
もう一年になろうとしていた

誰某はとても満足していた
出勤退勤一巡り
まるで放置された古レコードのよう
毎日夕刊を読んだり
テレビで球技の試合と国際ニュースを観たり
誰某は　某国某女性が六十人余りの子供を産んだことを知り
某地の九十歳の某老翁に新しい歯が生えたことを知った
誰某は　チャレンジャー号が空へ昇って爆発し

男六人女一人が死んだのを観た

だが誰某は隣人たちとは顔見知りではなかった

御向かいさんは娘さん
エレベーターですれ違っても
遠慮深げにちょっとお辞儀するだけ

ある日誰某はとっても退屈で
婚約者募集広告に登録したが
お茶も一回また一回と湯を足してゆけば
次第に無味の出涸らしになり
そうなるともうそれが誰某の意識に上ることはなかった

そんな折も折
条件にピッタリの返信があった
三回のやりとりがあって
誰某は発見した

応募者はまさしく向かいに住んでいるようなのだ

そこで誰某は勇気を奮い起こしてドアをノック
ドアが開いたその一瞬
誰某とその女誰某は
どちらも遠慮深げにほんの少し頭を下げるのだった

一九八六年

厦門の白鷺洲

都市の半分はすでに眠りについたが　半分はまだ起きている
ここにやって来た私と妻は　半分ともう一方の半分
今は夜の九時十五分　照らす灯りは美しく
それ以上に美しいのは海の静まり返った青だ

海水は本物　それが人工の港のなかに
堤防は幅広く　そこには青草模様が敷かれ
高くて大きい高級ホテルは黙って威厳を示している
あかあかと灯りに照らされた門に　異郷の温もりがはっきりしてくる

私と君はとても近い　簡単にそちらがはっきり見える
光が私の顔を照らし　顔の半分は明るい
もう半分は夜の一部分になり

より本当の暗闇になる

歳月は水のごとく　幸福は一面に満ち
二匹の幸せな魚が夜の深い淵へ泳いでゆくのを思い浮かべる
風は涼しく　カップルが十メートル向こうで傾き倒れる　おお
水だ　水が立ち上がった　それは遠くないところの噴水だ

二〇〇〇年春節

春の盛りの緑はただ詩歌のなかに徒長する

春　中国語のなかで最も美しいこの言葉に出会えば
高速道路は濃霧が立ち込めてしまい
桃の花はまたもや謀殺され　草花の香りはこの人間世界からなくなってしまう
壁はどれもこれもみな嘆きの壁に変わり
床からは水が滲み出て
天井板はそばかすだらけの顔

衣服は湿っぽいすえた臭い　日に当てても永遠に乾かず
足指の間から髪の毛までカビが生え
気の滅入っている人は誰も彼も
全身キノコだらけだ

春の盛りの緑はただ詩歌のなかに徒長する

その子猫が南風の空を踏み歩いて渡るとき
ガラスは　じっとり湿って連なり続く爪痕を映し出す

二〇一〇年三月十六日

物質の洪水の中をひたむきに詩歌に接近する

広告は街を漂い
私たちは広告の間に漂う
女性は純粋な肉体
弓なりの曲線は胸元の微妙な韻律
セクシークールの唇は巨大な暗い洞窟を開け
私たちを魅了して商品の間へ引き入れる
私たちは狂おしく商品を崇拝し商品を独り占めにし
雪崩を打って商品にはまり込んでゆく
次々に押し寄せる商品よ　嵐のように引きも切らずに現れる楽しみよ
苦しみ憤慨そして悲しみよ
衆人を超越し衆人の間を貫き衆人の内面に存在している
智慧に溺れている頂き
ネオンは世界の光　真理の光　愛の光をきらめかせている

流行りのナイキシューズ　早漏に効く食品街　ブランド品専門店　アミューズメントセンター
カラオケ店　カップル個室　一元の半分の叢書
押し合い　圧し合い　犇めき合い
真珠・宝石がエキサイティングにきらめき
ボルヘスの虎の黄金の爪のように
ハッ　ハッ　と息を弾ませ興奮させて止まない

それでもそれと同時に私はポエジーを強く感じるのだ
そこには人類精神の女祭司
永遠の女性が
私たちの上昇をリードしている

鋼鉄は街を漂い
私たちは鋼鉄の間に漂う
身体の外側には身体　騒音の前後には騒音
ドロリと濃い水際は死んだ川よりも悪臭を放っている
着々と上昇する驕りの高層ビルは
イノベーション競争の野心と激情をはっきり示している

蜘蛛の巣のような放射状の道路では車が勝手気ままに逃げ回っている
油煙は鼻の穴を通り抜け気管を通り抜け　私の脚を
通り抜け　ホコリは酸性雨を濁らせ
サラリーマンの暮らしは一巡してまた始まる
エスカレータータイヤの上で両足は意味を失ってしまった
ネームプレートの角があらゆる生存空間を切断する
セメントモザイクと透明ガラスの中で
豪華な家具に　生命には受け止めようもない軽さが現れている
電話は話し中また話し中……
私たちは永遠に遠く離れていて近い　親しみが湧いて見ず知らず

それでもそれと同時に私は強くポエジーを覚えるのだ
それは私の心の内で張り切っている
声でもなければ　静寂でもない
そこは一軒の家　母の子宮
私の安全・温もりと平和を庇護している

ああ物質の洪水の上には精神の方舟

永遠の女性が
私たちの上昇を先導している

一九九二年一月十二日

大通りの向こうの女の子

そのわずかな時間　先端に太陽の照り輝く高層ビルが
日時計の針となって光と影を切り離し
その子の頭上に投げ下ろし　彼女をふたつに分けた
彼女の笑いは目映さと恥ずかしさの間の黄金分割の点上にあった

大通りは大河滔々　車は小さな波頭を巻き起こし
その波とともに彼女の長い髪は上下に躍り
笑い声は彼女の足元にころころ転がり
風の音はゼブラゾーンを通り抜けてゆく
欣喜雀躍するその姿に
思う存分大笑いする様に
大通りのこちら側の私は　愉快な心のぴたり貼り付いた
彼女の影法師になり　思わず微笑んでしまった

生命の刹那の交信　一生のうちのほんの一瞬
彼女は　瞬く間に人の海にかき消えた
私は気落ちして　流れに逆らうようにそこを離れた
太陽は相変わらず元の位置に留まっていた

二〇一〇年三月十五日

白雲の上

白雲の上
機体の小窓越しの
それほど遠くないところ
左上方に
別の飛行機の飛んでいるのが見えた

それは随分長い間
まるで微動だにしないかのようだった
銀白の機体が
太陽に照らされて
安全ピンのようにきらきら光っていた
移動しているとは見てとれなかったが

それが高速で進んでいることは分かっていた
双子の兄弟のように
そちらが動けば私も動く

もくもく丸みを吐き出す雲たちは
静かな空の庭を足の向くままに歩き
羽を並べて飛ぶ二羽の大鳥
つむじ風に乗って猛スピードで九万里を昇る老荘も
こんな景色は想像もできない

突然　誰が進路を変えたのか
空という真っ青なコンピューターデスクトップは
何者かに易々とマウスをクリックされ
もう一羽の鳥は削除されている

二〇〇九年十一月八日

モーツアルト小夜曲

月下美人のように闇夜にひとひら又ひとひら目を覚ます

モーツアルト　あなたは音楽そのもの
旋律がゆらゆら揺曳している龍舌蘭
透き通った舌が
死の暗鬱の味を余すことなく味わい
その温もりが私の命の傷口を舐めるのだ

私には　ちょうど雨季を通り抜けて
太陽に至る方法がないように
あなたの魂に入ってゆく方法がない
でも間違いなくあなたの音に触れることができる
純粋な音符　それは

明るい光の種子のひとつぶひとつぶだから
暗い夜を飾る灯りも偽りのもののように見えてくるのだ

一九九〇年三月二十日

ダイアナ

明滅しつつ　幻のように現のように
あなたの控え目で穏やかな微笑みは風のなかの蠟燭の灯り
ケンシントン宮殿からウェストミンスター教会堂まで
短い童話の　最後の道のりを進み終えて
控え目で穏やかな微笑みは風に吹き落とされたバラの花びら

その五、六キロの道のり　もう戻ることのない絶世の美貌が
国を挙げての送別を受けている
たとえ　一度しか会ったことがないひと　それさえない人にとっても
あなたはひそかに跡を追いかけた白雪姫
ビッグベンよ　心にぽっかり穴が開いたのは全世界だよ
あなたの魂を撮影し命を奪ったそのスナップショットで

今尚少しも離れずにあなたの後をつけている　逃れようのない災厄の巡り合わせ
狂気じみたパパラッチの追尾のうちに　世紀の美女は
メディアに光栄この上ない傑作をもたらし　あなたの写真は
しばしば大小新聞の一面全体に公開されたのだった

ずっとカメラの焦点で生活し
最も光を受けるまぶしい人物　あなたは早くから耐え難いほどに疲れ切っていた
ネット上でどうすることもできない甲殻類
宿命の懲罰を受け
沈黙によって答え　どんな評論も拒絶した

さぞかし納得できないに違いないよ　女性が砲車に横たわって
がらがら進むのに反逆しているに違いないよ
終にあなたは帰る家のない人の群れのなかをそのように通って行った
壁に囲まれた宮殿を出たブロンドは　紅葉のように
ロンドンの悲嘆にくれる秋空に生き生きしている

ほっそり白い羽の仙鶴は　銀河の遥かに

まばたく目を閉じる方法もなく
依然として地雷で殺害された人の損傷の実態を調べている
エイズ患者を抱擁し　乳房は一対の鳩のように
西空を明るく照らす夕陽のなかで翼を振るって飛び立とうとしている

ドラマチックな物語のヒロインは　広く名声を得　つぶさに中傷を受けた
現代文明が陳列する超弩級の飾り物
運命が今ひとたび印刷機のシリンダーロールに巻かれたら
あなたには分かるでしょう　分かるでしょう
今日の戦いはやっと始まったばかりでしょう

一九九七年

サマータイム制

バスはくりあげ運転をする
少女はくりあげ成熟をする
バースデーケーキに挿した蠟燭は
くりあげて吹き消す
入念に計画した殺人事件は
白いナイフがくりあげで突き刺さり
赤いナイフがくりあげで引き抜かれる

だが孵化部屋の雛は殻から出るのを拒む
だが夜のとばりが降りるころに
月光は白くない

大通りで朝のジョギングをするリアリズム作家は

本来なら車の通らない時刻に
始発バスに轢かれて死亡し　ブラックユーモアと
荒唐無稽派というものを理解した
いつもの時間にいつもの所へ行く約束をした若者が
この時から別の女の子に出会い
火葬場に横たわった死者は
享年と言っても実際と見かけは違う
訳も分からないうちに一時間の陽光・空気にこっそり逃げられた
皆それぞれ鳩が豆鉄砲を喰らったようだ
時間は公正なのだろうか？

一九八九年

銀河ショッピング広場

私の記憶のなかで「広場」はこれまで
政治集会の場所だった
屋根のない広々としたところ　群衆が狂喜していた
ぶくぶく膨れ上がった集団　見渡す限りの標語と旗じるし、スローガンに火が付いた
喜劇或いは悲劇が演じられ　時にはドタバタ劇に変わった
その中にはさみ込まれた一人は、闇雲になり
まるで葉っぱが、大風の中で
森全体と一緒になって騒ぎ立て　興奮したり身震いしたりしているようだった

だがじめじめして蒸し暑い多雨の広州、経済の植物たちはやたらに成長し
かつて荘厳であるように見えたこの言葉は
名前が与えられてただだっ広いショッピングモールになったに過ぎない
高層の建物　九万六千平方メートル

広場に入って来るのは皆少しばかりものぐさで穏やかな人たち
あまり将来の見込みのない人であり　私と同様
生活には満足している或いは財布の中はお恥ずかしい限り
ところが彼（彼女）の来場は受け身なのではない
渇望と欲望が具体的なお目当てを目指しているのだ
彼らの目が見つめるのは全て実在する物なのだ
たとえヘアピン一つを選ぶにも　注意深く細かな点にまでこだわるのだ
慌ただしく何かをつかみ取るや財布から金を取り出す人の多くはよその土地の人だ
店員の娘さんの生き生きして親しげな笑顔は
彼らの交通渋滞に対する不平不満　そして
駅を出たらとたんにコソ泥のお出ましを受けたという愚痴を　暫く覆ってしまった
駆けつけてファッションショウに出演の少女は
臍出しの服装をし
すらりと長い美しい脚は　ますます白鷺に似て
二、三人ずつ思い思いにこちらへ歩いて来る
誰が家の亭主か気をとられてガラスにぶつかった

南方には参観に値する王朝時代の中庭が少なく

しばしば私はよその土地からやって来た友人のお供をしてそこを長時間歩いたのだった
そこではリズミカルで心地よく力のこもった演説は聞こえてこないし
皆さん小声で世間話をしている
その結果両脚はだるくなり、身体は骨組みが崩れるほどに疲れる
女友達が　二階の天貿南方マーケットで
金属ボタンの若者服をプレゼントしてくれたことがあった
毛織物　パリッとしている　洋服と比較してもとびきり上等
もし更に首に襟巻を巻いたなら
五四*時期の革命青年になるのだったが
これが現代の広場の
過去と遥かな北方とのただ一つのつながりなのだった

一九九八年十一月二十六日

訳注

＊五四　一九一九年五月、北京の学生によって始まった五四運動のこと。第一次世界大戦後、パリ講和会議において調印された、山東問題の措置に関する二十一ヶ条に憤慨した学生が、五月四日、政府にその取り消しを要求して、全市でデモを行い、これが全国的な排日運動・政治運動につながった。この反帝国主義・反封建主義の運動が、その後の中国の政治・社会・文化を方向づけることとなった。

II

高い空と厚い土

国家は王家のもの
その国土こそが我が祖国
一本の太縄が
高原の背骨に喰い込み
そこに深々と残る血の跡が
泥で塞がった我が黄河なのだ

黄色く濁ったその大波のなかに
囚われている私は　自分自身の囚人
それはあんなに黄色く　私の肌色の奥深くを通っている
ブロンズの色　菊の花の色　絹の布の色
五穀豊穣の広大な秋の波
有為転変の激しい黄色い大地には

谷間の皺が至るところを這っている

黄河を目の当たりにして私は驚愕する
くねくね何度も曲がり
永年にわたって浸食し　不断に堆積し
壺口瀑布は愚かな名をどれだけ吐き出すことやら
ますます高さを増している黄河
それは警句　それは箴言
私の頭のすぐ上を騒がしく流れ過ぎている

二〇一二年

柘榴のなかに我が祖国が見えた

柘榴のなかに我が祖国が見えた
それは大きくて中味たっぷりの　人の世の果実
親愛の情で隔てなく人民を抱えている
覆うもののない皮膚は水晶の心を保護している
億万の子女が手と手をつなぎ
枝先で甘酸っぱい微笑みを見せている
ジュースたっぷりの秋よ　出産を前にした妊婦よ
十月の開き窓のすべてを記憶に留めておこうと思う

柘榴の内部のかすかに黄色い皮膜を撫でるのは
我が新鮮な祖国を撫でることに他ならない
隣り合う省のひとつひとつが目に入る
南を向く東部は日陰になる西部に寄り掛かっている

垂れ飾りのある髪飾りを　頭に載せた高原の娘たちが見えた
どの頬もみんな生気あふれて紅の差す
赤いスカートを穿いた姉妹たちだよ　すらりと美しく
柘榴の唇の真紅は今にも滴りそうだ

柘榴の傷口も見えた
長旅の苦労を舐めた兄弟たち
我が最も親密な最愛の素晴らしい兄弟たちだよ
彼らの黄土色の頑丈な背骨は
ひび割れた土地の困難と苦しみを耐え忍んでいる
青筋のひとつひとつが彼らの苦しみの代わりをしている
私は彼らの掌が非常に見応えのあるものだと気付いた
掌の谷間が声のない叫びであることが分かった

苦痛は大きな葉を眠りから呼び覚ました
それらは春風の誘いに沿ってどんどん成長し
幹そして数多い枝は感化され
枝はさらに縦横に交錯する小枝に分岐し

小枝には生き生きした表情のきらびやかさ
その炎は雨を降らしても消せなかった
ひとひらひとひら重いだけでなく　しかも軽く
蕾の風鈴が夜明けを揺さぶり覚ました

太陽　この黄金の毛の雄ライオンはまだ老いていない
それはもう枝に飛び乗って踊り始めていた
私が光り輝く夢想のなかにたたずみ
天を向く柘榴の木を一本一本見つめると
それは公民同様にへりくだり腰を屈めて
懇ろな心を取り出し
優雅な身体に微笑みが余すところなく懸かっていた

二〇〇六年

人民

賃金を要求する出稼ぎ労働者たち。
手掘りの大平炭坑から伸び出ている
損傷を被った一四八人分の掌。
売血でエイズに感染した李愛葉。
黄土の高い傾斜地で羊を放牧する与太者。
指に唾をつけて金を数えるお喋り女。
理髪嬢、合法ではない性サービス者。
都市管理当局とゲリラ戦を展開する露天商。
サウナを必要とする
小経営主。

自転車に乗る通勤族たち。
することもなくぶらぶらしている者。

酒場の放蕩息子たち。茶を飲んだり
小鳥の世話をしたりする年寄り。
人をすっかり困惑させる学者。
ひどく酒臭い酔っ払い、ギャンブル好き、荷担ぎ人夫
セールスマン、農民、教員、兵士
御曹司のお坊ちゃん、乞食、医者、秘書（兼愛人）
職場の三枚目或いは
脇役。

長安街から広州大通りまで
私はこの冬まだ〈人民〉に出くわしたことがない。
卑小な話をする無数の身体を目にしただけだ。
毎日バスに乗り
互いに暖を取っている。
それを使用する人間は
それがまるで汚れた小銭であるかのように
眉に皺をよせて、彼らを手渡すのだ、社会へと。

二〇〇四年

いま都市の作物ビルディング

稲と土地を争い、トウモロコシと土地を争っている
大豆・コーリャンと土地を争い
住み慣れた家に住む老若男女と土地を争っている
今はビルディングが都市の作物だ

農村の農作物は耕作すればするほどに出来が悪くなってきて
老人と子供は
最後に残っている存分に慈しむべき二株の作物
干からびてぐらぐらしている父母　半人前の息子・娘たちは
都市が深く耕して直播きにしている
建物は日夜急速に伸びてゆき　成長すればするだけ高い
バルコニー、最上階そして屋内庭園は
さらに緑の葉を接いで花を咲かせた植物

土地は国家のものであり　国家は人民のものであるといっても
高い所から国家にコントロールされているという訳ではないようだが
喰うためにあくせくする働きアリとも無関係だ
何人かにビジネスチャンス到来となれば果てしない天の広さも
一つの公印によって密かに覆い隠されてしまう
不動産開発業者は大口を一手に請け負い　金を貸しつけ人を雇い耕作させる
栽培の働き手は依然として農民、常雇い・日雇いたち
労働者の安全帽をかぶり
食糧は不断に値上がり　政府と商売人は懐ざくざく
富と官僚の業績は胡麻の花が上へ上へと咲いてゆくように着々と増してゆく

都市の作物はびっしり一面空を蔽い
歩行者と車は　途切れることのなく密集する根の部分を
ヒル　ミミズそしてオタマジャクシのように通ってゆく
何とも素晴らしいことよ　土地は金なり
耕作して育てた黄金の家屋は鱗のように並び連なり
多かれ少なかれ　庶民が粗末な家にも住めないようにしている

立ち退きを迫られた者は必死に先祖の脚の短い稲を守っている
高い空に大風が吹いたなら　経済も倒伏してしまうのだ
一方の仮想の土地では
大手不動産屋が何人も　ウェイボー*で悲鳴をあげている
彼らは毎日勤勉に　この新しい希望の田畑を耕している

二〇一二年

訳注
*ウェイボー　微博。ミニ（微）ブログ（博）の意。中国最大のＳＮＳ。

一九六七年*の自画像

楽しそうな子犬が大通りを通り抜けていった
その年の私は十歳　小ぎれいな塀は一つも見たことがなかった
夏を生き生きしたものにしていたのは緑の軍服姿
私は論争している言葉の間をこそこそ逃げるように右往左往
壁新聞で文字を覚え
鼻は敏感に焼け焦げた臭いを嗅いでいた
太陽はひどい熱さで　スローガンが賑やかだったあの夏
子犬は革命の嵐のなかを通り抜けていった
教室は空っぽだった

子犬は銃弾の鋭い音のなかを通り抜けていった
終には銃口のある方へ飛び込んでいった
自分自身が映画のなかに生きているように思い

パーヴェル*の時代に間に合ったように感じた
私が注意深く地面から薬莢を拾い上げたとき
指が触れたのは悪夢の始まりに過ぎなかった
一九六七年　私は次々に顔が空気中に消え去るのを目撃した
驚き慌てた子犬が大通りを通り抜けていった
一九六七年の風景から素早く逃げ去った

一九九四年三月七日

訳注
＊一九六七年　文化大革命が最も激しかった時期。各地で混乱が起こり、武闘が繰り返された。
＊パーヴェル　ソ連の作家ニコラーイ・オストロフスキー（一九〇四～一九三六年）の自伝的小説『鋼鉄は如何にして鍛えられたか』の主人公パーヴェル・コルチャーギンのこと。一九五七年に『パーヴェル・コルチャーギン』として映画化された。

驚愕

空は藍色深く　秋の日差しはキラキラ光る鋏に似て
響き渡る一九七一年の切り絵をこっそり窓に向かって映した
蒸し暑さが立ち込めたのは「山雨来たらんと欲して風楼に満つ*」の知らせ
職員室には　残暑の汗の臭いが人知れず持ち込まれ
秋風といっしょに木の葉が一枚すべり込んできて
机上の「解放軍画報」をそっと揺らした
表紙の軍服を着た副総帥は
まるで窓の外に立つ濃い緑の老木のようだった

彼はちょうど偉大な領袖の著作を拝読中だ
軍帽はかぶらず　予想に反して少しばかり禿げていて
それは私をかなり吃驚させたが　まるで
初めて太陽のまぶしい黒点を観測したみたいだった

ちらっと撮影者の名前を見たら　それは李進*
熱血が瞬時に額に攻め入って占領し
優越感が心に自然に湧いてきた
同級生の多くはそれが領袖夫人のペンネームだということを知らず
私は自分一人　鶏の群れのなかに立つ鶴であるかのような感覚が
いつまでも残っていた

いきなり窓の外に一面の陽の光
擦りむけるような　ラッパの高音に呼び出しをかけられ
たちまち全校の教師・生徒が集結させられた
革命委員会主任の顔は黒板よりも厳粛だった
大きな声で党中央からの通達を読んだ
クーデターに失敗、逃亡してウンドゥルハーン*へ
隣に座った同級生が小声で話した　何とか彪*だって？
私は目をパチクリ、口をあんぐり、天井板さえ落ちてきそうで
墜落機の破片があたり一面に散乱するかのように見えたのだった
黒板顔のその口は予想もできなかった出来事を話し続けていたが

それは共和国の深紅色の暗い傷口のようだった
損傷には——大いに重く大いに低い黄昏を用いるべきだ
——そうしてこそきれいさっぱり燃やすことができるのだった
天は雨を降らせなければならず、若い娘は嫁がなければならないのだった
それからは天ほどに大きいことは彼に任せるということになった
三叉の戟が、私の濃緑の草原を切り裂いてしまった

二〇一二年

訳注

*「山雨来たらんと……」　唐・許渾「咸陽城東楼」。
*李進　江青のこと。
*ウンドゥルハーン　モンゴル東部の小都市。二〇一三年「ジンギスカン」に名称変更される。
*何とか彪　一九七一年九月十三日、中国共産党中央委員会副主席、中央軍事委員会第一副主席、国防部部長林彪はクーデターに失敗、モンゴルで死亡したとされる。

黄河に対する思い

けた外れにだだっ広い川床　全く静止している砂州
心の内に黙想した「おお　これが黄河だ」
静かに見ていると　ゆったりゆったり流れ下っているのだった

四歳の子供が　私の向かいの席に座り
その父が　子供がよく眠れるようにと　一晩中立っていたことがあった
朝早く目をさました子供は　汽車の窓辺に寄りかかり
ぼんやり外を見ていた
鄭州の大鉄橋を通過しているとき
突然彼が一声叫んだ「見て　黄河だよ！」
私とその年若い父親はすっかり気持ちを高ぶらせた

父親はちょうどテーブルにうつ伏せになって眠っていたところで

頭を上げて私に「黄河なのかい？」と訊いた
私は「そうだよ！」と言った

子供は本当に幼かった
どうしてそれが黄河だと分かったのか　私にはよく分からない
だが彼の心に立ち昇った厳かな気高さを感じ取ることはできた
これが血脈というやつだ
生まれつき備わっているものなのだ

教育によって生じたものではない
中国人の骨のなかに自然に生じたもの
あの子供が目にしたものは
私が年年歳歳目にしたものと同じだ
至るところ河床そして砂州
砂州そして河床
巨大な黄色の河床
沸き返る流れは全くなかった
だがそのわずかな間

私たち二人は揺さぶり動かす黄河の力を感じ取っていたのだった

二〇一〇年

釘と敷石

陽に照らされた大通りが向かう　ちょうど前方に
ちっぽけな家がすっくと立っている

敷石と「釘」が
対峙している

どうにもならない
ブルドーザーを運転するおじさんは
赤いネッカチーフを付けていた時期に
立ち退きを拒むおばさんといっしょに
雷峰*像に向かって宣誓したことがあったのだ
祖国の最も必要とされるところで
敷石　釘に

なりますと

中空にそびえる庁舎ビルは
しゃがんでいる虎のようだが
尻の下のその小さな釘に
突き刺され
痛くて跳び上がらんばかりだ

二〇一〇年一月二十九日

訳注
＊雷峰　一九四〇年生まれの解放軍の兵士。一九六二年公務殉職。「毛主席の立派な戦士」の栄誉を与えられ、その後、大衆運動「雷峰に学べ」が全国的に展開された。

孫中山

その快活なボーイさん　友人がデンバーに開いたレストランで
緑服の郵便配達人に呼び止められたと思ったら
その帆布の配達カバンから至急の電報が跳び出してきて
水にぬれてまだ乾いていない掌にいきなり文字が出現したのだった――
「武昌先駆け蜂起成功！」
びっくり仰天　信じ難くて　危うく　つまずいて大皿を割ってしまうところだった
このとき窓は大きく開いていて　明るく輝く雲の層を透かせば
湿った柴の束を積み重ねた巨大な帝国が
太平洋の向こう岸に見えるかのようだった
香山県翠亨村出の農家の息子は
日本へ行き　ホノルルに赴き　ロンドンで難に遭った
漫遊のプロメテウスは
各所で風を煽って火をつけたが

立ち昇ったばかりの生燃えの煙　小さな火は
瞬く間に消え　七十二個の火種を埋めただけだった
だが　彼が身体の向きを変えて　ドーンと一声号砲を上げれば
火が天を衝いて大きく燃え　燃え上がる炎が大声で笑うのだった
帝政は跡形もなく消え　ビルディングがぎしぎし傾くのとそっくりだった

彼は仕事着を脱ぎ捨てて　ロッキー山脈脇の一マイルの傾斜を急ぎ足で下った
コンクリートの歩道は　大海原を渡ってゆく長さだったが
ヨーロッパへ回り　ペナンを経て　上海に着き
臨時大総統に就任したのだった
香港の西洋医学校を卒業したこの医者は
北洋軍閥という大悪性腫瘍を
切除しようと　固く心に誓い
東亜の病人の治療に着手したのだった
故国はとっくに傷だらけ　頭が痛ければ頭を治し　脚が痛ければ脚を治すといった
行き当たりばったりで　第二楽章は際限のない強弱の拍子だった
彼の身体は消耗し　積もる疲労は病となり
死の影が周囲を旋回した

偉大な先達　奔走のうちに慌ただしい一生を終えた
最初の新国家のアウトライン　未完の夢は
追い込まれた窮地のなかから明るくゆっくり昇ってくるのだった

二〇一〇年六月

端午の「離騒*」

軒先に挿し込んである菖蒲
その二千三百年の高みから
一滴また一滴と
暗渠の雄黄酒*に
滴って
入り
不肖の子孫によって
蚊や蠅をくすぶらせるヨモギに
風呂の百草湯と共に
撒き捨てられ
昔の出来事はまるで煙
龍舟《ペーロン》から投げ入れられた粽だけが残り

一つまた一つと
時の流れの底へ
沈み込むのだった

食べ物　そして船漕ぎレースが
通りを行く種々様々の中国人に
どうにかこの節句を思い起こさせる
その偉大な詩人は
楚の国にあっては「屈先生」だった
今日にあっては案外「不遇」の人だ

二〇〇六年六月

訳注
＊「離騒」　楚の屈原が讒言に会い、幽愁・幽思のうちに作った長編叙事詩。楚辞の代表的作品。
＊雄黄酒　鉱物・雄黄を入れた酒。端午の節句に飲む。

友人のチベット語りを聴く

そこは地球の最も高い場所であり
聖なる山の下には湧水
聖なる山の上には青空がある

そこには時間というものがなく
人生とそれ以外のステージとの区別がない
ただ成人と幼年を区別しているだけである

その人が成人にさえなっていれば　どんな成人と恋し合っても
よく　九人の成人を恋人に持つことだってよいのである
そこでは婚姻というナイフが
愛の断絶を可能にするということにはならない

そこではどの石にも斉しく霊魂があり
どの草も斉しく成長して仙人になることができる
そこは女の子が歌ったことのある歌であり
澄み切った湖水は　涙のこぼれ落ちた
天国に最も近い場所である

二〇〇一年八月二十二日

清明*

清々しい陽射しに万物成長
酒の肴でいっぱいの竹籠を提げて
君は大喜びで峰を越えて行くのだった
母方のお爺さんに連れられて
兄弟姉妹たちが石段沿いにあっちへ行きこっちへ来て遊び騒ぎ
痩せて骨ばかりの枝が
突如土の中から伸びてきて、　まるで誰かの腕であるかのように
グイと袖を引っぱったりする
君は背筋に寒気　どうして春風のなかで弛んでいられよう
草の茎を踏みにじってしまうのではないかと冷や汗
折れた骨には絶えず怒りの青筋
蛙が突然跳び上がって位置を変え　愉快そうな奴はハハハと大笑い
野山に一面の鶏頭は　どれも

薄命の紅顔と見違えるほど

吊るされた緑色の紙幡*は　煉瓦積みの上の土饅頭よりも高いが
パッチワークのような墓石の一つ一つからは
趙・銭・孫・李の顔立ちの違いの区別ができない
こんなに沢山の姓名だ　呼んでももう応答はどれからもない
君はただ跪き　線香を捧げ　叩頭し　供え物をするのみだ
きっと彼らのある者は溺れ　交通事故に遭い　首を吊り
ある者は謀殺され　処刑され
ある者はおそらく地震、洪水そして大火事で亡くなったのだけれども
最も多いのは病気によるものと寿命を終えた場合だろう
土盛りのなかのその人　遠くへ行ったその人　もう帰ってこないその人
色褪せた人　泥に変わってしまった人
その髪の毛は伸びて野草になり　呼吸した息は山川の気に変わった
生まれた年月と死んだ年月と　その間はダッシュ記号の——
長寿或いは短命と言っても　一切れの草の茎に他ならない

墓のある山の鶏頭は美しいだけでなく

食べることもできる
君はそれを口元へもっていって息を吹きかければそれで消毒できたと考え
掌のなかで叩いて
安心して大きな口を開けて噛み砕くのだ
毎年のこと清明は子供たちにはお決まりの最も楽しい季節
遊びに出かけて腕白遊びのできる素晴らしい日々
だが現在の清明節は雨が長々と続いて生気がなく
お爺さんが亡くなってからは
君も再び山に登っていない

二〇一二年

訳注

＊清明　清明節。二十四節気の一つ。春分から十五日目にあたる、四月の四日〜六日の頃。墓参りをし、ピクニックに出かけたりする。

＊紙幡　清明節に墓掃除をするとき、墓に掲げる紙の旗。

その年の冬

吹きすさぶ寒風のナイフの数々が
一夜のうちに全てをすっかり刈り取った
都市は白布に覆われてしまった

野宿の
ごわごわこわばった木は　小枝の手足が冷え切っていた

向かい風を受けながら道行く人は
草の一本一本のように弱々しかった
誰かがひとつ小さく咳をしたら
道路わきのビルがびっくりして跳び上がった

二〇〇一年五月

己丑《つちのとうし》の年の夏の日再び黄鶴楼に登る

李白*さんのうしろ足は離れたばかり　代わりに
私の前足が踏み入れた
第五層までよじ登ったら　思いのほか少しばかり息が切れた
茶は古人も飲んで　今に残るもの　盃は
売り物の工芸品
写真を映して　欄干に寄りかかり遠くを眺めれば
靄の立ち込めた川面には　崔顥*さんの郷愁のため息が
扇子の上には　濃く薄く振り撒かれた墨が見え隠れする

冷たい雨が銅の鐘を打っている　黒い苫の小船が遠方からやって来る
晴れわたった水面はすでに通り過ぎてきた　漢陽の木の葉は憂いを帯びている
崔顥さんは独り舳先に立ち　酒を恭しく捧げている
私は立ち上がって返礼をする

どうか　いつまでも！　私は長江の畔で
仙人に思いを寄せ　旧事を忘れず　仙人は飛び去り楼だけが残されたことを思う
崔顥さんよ　李白さんよ
今日の時刻はまだ早いですが　後の世の歓び悲しみを携えてやって来ました
あなたたちと一緒に飲みますよ　川の流れに満々たる永久《とこしえ》の郷愁*を！

二〇一〇年九月十二日

訳注

*李白、崔顥　共に盛唐の詩人。

*永久の郷愁　李白には、「黄鶴楼にて孟浩然の広陵に之くを送る」という七言絶句があり、崔顥には「黄鶴楼」という七言律詩がある。二人の寄る辺ない心は、満々たる長江を郷愁となって流れてゆき、流れ続け、今それは作者の眼下にも流れているのである。

五一*

今日の路上には労働を休む人でいっぱいだ
今日は遠くまで出かける人がいっぱいだ
まだ遠くまで遊びに出かけたことのない老嬢
その乳房は　ぴちぴち躍る二羽の鳩　羽を長く伸ばし
どこかの親爺たちとその同僚たちは
それぞれに愛煙家の弾丸を胸から出している

書斎から出てきた新青年*は
銀白の紙魚たち　色白まるまる肥えて
脇に中央テレビの出した遠出のための参考資料を挟み
慌ただしく出発し　偽の命令を延長して
全然気を使うこともなく五四*の方向を変えてしまった

くるくる回って頭がくらくらする独楽は
風景のなかに迷い込んでしまい
朝顔は幸せな鴛鴦を引き裂いていて
唇を舐めるのが好きな上海の花嫁は
あやうく愛をすっかり吐いてしまうところだった

働かないでこそ麗しいのだ
五月の花が野原いっぱいに咲き　ゴミは芳しいのだ
田畑にいる農民だけが　忘れ去られ
道沿いの案山子は　ウンともスンとも言わないのだ

二〇〇一年五月

訳注
＊五一　メーデーのこと。
＊新青年　陳独秀の主編により一九一五～一九二一年に上海で発行された雑誌名「新青年」を意識している。
＊五四　五九頁参照。

雨が芭蕉*を打つ

干天の雷が　あたり一面の銅鑼から響いてくる
高鳴る二胡が取り留めのないお喋りをしている
ひどく鼻にかかった広東語が湯飲みの縁を出入りしている

前売り券がなければ　「万宝」冷蔵庫に入って涼をとることはできず
ビロウの葉の団扇と開運団扇は汗びっしょり
空模様はでたらめで
アイスキャンデーを包む色紙が壁の根方を歩いたり停まったり
「ファンタ」サイダーを開ける音のなかで　小洒落た傘が轟くように突っ張って開く
木のサンダルが二声三声　黒い石板と声を響き渡らせて言葉を交わしている
高鳴る二胡が取り留めのないお喋りをし
ギター弾きの影が壁に貼り付けられている

生命は力が不足していて　雨が芭蕉を打つ有様は
やっぱり思い浮かばない

鳥は林に飛び入り林に飛び入り鳳は巣に帰り巣に帰り
棕櫚の木のＬサイズの太陽帽子は頻々と雨が漏れ
使者が歩道を通ってゆく慌ただしい門出
ゆるゆるだらだらの夏着のなかに首を縮める
夏着は小さくて狭いタクシーのなかに縮まる
騎楼*の股下は天を恨む声でごった返し
通りの至るところにあるナガミパンノキには身を隠す場所がない

大型の葉の数枚それぞれが敲かれて
南方音楽が歯切れよく耳に快い
室内のギターは　Ｃコードで爪弾いて
小雨のなかの追想を歌う

彩られた雲は陽を追いかけていった　燕は斜に飛び
明るさ半分で暗さ半分の風は　立ち昇る煙と埃を横払いしてゆき

通りの中央の花壇という花壇は緑色をして思いっ切り勝手気ままで
雲間の虹を嫉妬させて已まない

騒がしいのも　いいさ！　柔らかい指に
キーボードのゼブラゾーンを掠め通らせよう　もう一度
「一歩――一歩――高く――高く」*

一九八七年

訳注
*芭蕉　葉の繊維で芭蕉布を織る。
*騎楼　十四頁参照。
*「一歩――一歩――……」　広東音楽の曲名。

ある中年男についての叙述

一人の詩人として
彼は既に終わっている
現在の彼は一友人に過ぎない
私たちとは　世界のどこか一部分において　身体の両側の肋骨において
秘密を共有しているという関係である

かつて彼は一本の棘なのだった
尖っていて鋭く　粗暴でそそっかしくて
美学とか社会の肉のなかに頭を突っ込み
多くの人を不愉快にさせてきた

何かで目を覚まされてから
痛みを感じていたのだった

批評家に地団太踏ませ烈火の如く怒らせることさえあった
顔を青黒くして　黒人ボクサーが繰り出すように
そのおでこに猛烈な
雷の一撃を
喰らわせたいと思ったのだった

現在の彼はのろまで鈍い奴になってしまった
鉄の釘も頭が禿げ始め
空気中の板は
ずいぶん厚くて
彼の声には突き抜ける力がないのだ

バラが棘をなくしたらそれでもまだバラと言えるのだろうか？
サッカーゴールの前でシュート数が足りなくなったとしてもまだ力はあるのだろうか？
詩人が何かを言い出すのは容易いけれども　紙の上を歩行するのに
血もあり肉もある身体から
骨を抜き取られてはならない

二〇〇二年六月

尊厳という虚妄

嘘偽りのない話をしようとしているその老人は
白いシーツの上であんなに弱々しく　あんなに痩せ細っている

彼が繰り返し起き上がろうとするのは
天に飛び上がろうと必死にもがいているのかも知れない
だが　誰一人助けにやって来ようとはしない
彼の肉親　そして彼を尊敬する人たちは
仏をまつって
生存という重量
肉体という大鳥を寝かせておくのだ

思うように力の出せない人たち　さもありなんと思われる人たち
数種の薬剤　透明なゴム管のうちを流れる栄養液

彼の器官に成り変わってその働きを拡張する機器の幾つか
存在しない所のない膨大な意志と　共に謀って
歳月の尻尾を押さえている
彼は「生きている」――言葉を失い　記憶を失い
意識の蛙は　冬眠
ときたま歳月の水面を跳びはねている

生命は　身体という牢に閉じ込められひどく苦しげに日を過ごしている
彼は誰かに休暇願を出すことができるのだろうか？
どうか娘よ　どうか世界よ
彼の旅立ちに許可を　立ち去って存在しなくなることに許可を

二〇〇四年

川の流れを観察する幾つかの方法

川の流れは血管が切開されても
相変わらず優しい水なのである
水はどんな方法で流れても
静かに流れようと或いは咆哮して流れようと
岸を振り切ることはできない
泥と石から脱け出すことはできない
岸の外に岸があるのは　山の外に山があるようなもので
顔色も声も変わらないほどに落ち着き払っている
女は水である　というだけでなく
男も時には水　成り行き任せなのである
そして人類の精神だけが
水の本質であり
傷つけようのない最も柔らかいものなのである

一九八九年

七月十四日*

七月十四日はアヒルを絞める日だが
私も君も多くの人も
アヒルの魂は死なないのだと心から信じている
あの世とこの世は一筋の川が隔てていて
アヒルたちは一羽一羽真っ白な姿を浮かべて渡ってゆく
向こう岸は永遠に清浄な世界
そこに行ったら人はもうそこを離れようとは思わない
私たちがこちら側で慌ただしく往来しているのとは違い
向こう岸の人は　私たちがアヒルを絞めるときだけ
やっとアヒルのように一人一人泳ぎ渡ってきて
夜のなかで私たちと話を交わすのである
もうそのとき私は川に足を踏み入れていて
水がやさしく撫でるのを感じている

生命は一滴一滴指と指の間を流れ去ってゆくが
長い間そうしていても　やっぱり私は河を渡ってゆこうとは思わない
たとえ孤独が偽りのない　そして苦しいものであろうとも
災難の絶えない土地で
広々と果てしない美しい記憶が
私をいつも心の奥で動かしているのだ

一九八九年農暦七月十四日

訳注
＊翌旧暦（農暦）七月十五日は、亡くなった人を祀る節句（「鬼節」）の一つ、「中元節」。

長い相思相愛

落日は最後の夕焼けの光を引き連れて　あんなに素早く
空から退任してゆき　飛行機は　切り裂かれて流れる強力な爆風の尻尾を残した
細かく砕かれて地に満ちた黄金は　瞬くうちに黒布の風呂敷に包み込まれた
街角に輝く灯りは一つ残らず星にぴかぴかに磨き立てられた

余りにも遠く離れてしまった　「万戸衣を擣つの声」*
それが杵となって　平仄が一頓挫する句末の韻字のように
李白の背骨を敲くのが聞こえるが
遊覧大型バスが詩人を満載し
大道の青空を進んでも　もう唐朝へは到着しようもない
年々老い衰えてゆく大雁塔
「長安一片の月」*は　枯れて手のなかの参観入場券になる

宴たけなわの酒杯がやりとりされる間　私には師匠李白が
千金を叩いて　雲間から離れているように見えたのだった
無数の王朝は杯のやりとりをするうちに酔っ払ってしまい
長安には　一連の詩情豊かな詩篇が残っただけだった

二〇〇九年七月二日

訳注
＊「万戸衣を擣つの声」、「長安一片の月」　共に李白「子夜呉歌」より。

新長恨歌

あなたの柔らかな腰は　湾曲してぴんと張りつめる刀
潜んでいた鋭い切っ先が　不注意で繁栄の時代の中国服を破ってしまい
剝がれ落ちたライチの殻が床いっぱいに散乱すると
身体中が白くふくよかになり
小枝が白くてつやつやの果肉を高く掲げ
それは一王朝ではなかなか飲み下せないほどに甘くて美味しいのだった

月は玉を抱くように　物寂しい白い絹を照らすが
長い袖の美しい舞いも　大唐の王座の重さをぐいと引き寄せることはできず
手が硝煙をはたき払うと
松明の急襲はますます迫って近く
ひび割れて凸凹の山河は目の覚めている己の身体を恨むのだった
あなたの美しく悲しい絶唱には

真夜中のしめやかな睦言が混じり
一王朝の政治の長さを超えたのだった

だが知っている　李家の天子は後の代に　夜毎に感傷が募ってきたのだ
そのようにあなたの美貌を啜るのは
また悪名をあなたの身辺の男に押しつけ
長安に辱めを受けさせるためなのだ
あなたは祭壇に祀られ
大柄な身体は　月下美人のようにきらびやかである
瓦には雨がぽたぽた垂れて
その弱った神経をさいなむが　それはあなたの鳳凰刺繡の靴音だ
あなたはそのように慌ただしく歩くのだ
華清池の澄んだ水だけは
相変わらず美女に愛されている
彼女たちは燕のように飛んで大雁塔を望み
手足を洗えば　顔は蓮のようだ
ネオンの繁華街を通り抜けるが　足元こそが天子の塵だということには無関心だ
彼女たちはあなたの前世と現世だ

この時代の象形文字

あの黒ゴマのような文字の粒たちは
国家の身体のシラミに寄生している
その脹れた腹の皮は　風がちょっと吹けば粉々になる
干からびて皺くちゃの死体は
泡の数個にさえ及ばない

ノミたちは、女の胸をてんでに跳んでは
とても気ままに楽しくしている

汚れた白紙の上で立ち疲れて膝を曲げる漢字は
丹田*を守ろうと、必死に馬歩*の姿勢をとる
侵入者の群れＡＢＣＤは
強引横暴のバッタのように、至るところを這いずっている

二〇〇〇年十一月十二日

訳注

＊丹田　臍の下の部分。道家によれば、精気の集まる所。

＊馬歩　両足を大きく開き、腰を落とし踏ん張って構えた姿勢。体操や武術の基本姿勢の一つ。

崇高

夜の縁の辺り　テラスの外側
広大な陰険はそこから展開されているが
私は自分一人で詩を書く　そのとき黄金の鐘が鳴り響き
道は詩句のここかしこで澄み渡っている

大いなる師の顔は　語句ごとの裏側に現れ
私たちは長いあいだ互いに相手を見ている
私は得も言われぬ魅力を感じ　信仰と
同じような静粛な力を感じ　それが
私を導いて真っ暗な包囲網を突破させる
私の精神は高潔なものとなり
歩を進めるたびに人類の奥深い空に接近している
苦難を鳥瞰すれば　あんなにちっぽけな取るに足らないものだったのだ

山　それは雪の大地で跳ね上がる黒い馬であり
美しく　そして人の心を打つ

言葉と五穀は生きていて
冬のなかの春には　憤怒が成長している
このとき私はその仲間に加わり　私の命は意識を取りもどし
再び　未来永劫失われない光芒が照り輝き
黄金の鐘がごんごん鳴り渡るのだ

一九九〇年

大いなる水

水は私の生命と切り離せず、教育と切り離せず、作品傾向と切り離せない。——沈従文

先生　あなたは「淡きこと水の如し」*
天地自然の間の　温かい湧き水
あたかも音のしない細い雨の糸　風任せに物を潤し
集まって一粒の露となり
陶淵明のきらめく菊の花びらで
「空山新雨の後」*にも　あるいは新「新雨」の後も
依然として新鮮なのです

無味に至るほどあっさりしてこそ　初めて味中の味になり得て
一生は澄みわたります
青磁の龍井茶は　浸されて広々と果てしない大海となり
割れて砕けて磁器の井戸となれば　釉薬の光沢は
青波を漂わせます

水が醸した茅台酒《マオタイ》は　時経るほどに濃厚となり
地中で　私たちの体内で
ゆっくりと燃焼するのです

一九九〇年四月十三日

訳注
＊「淡きこと水の如し」　荘子より。
＊「空山新雨の後」　王維「山居秋暝」より。

彼岸

四月、*私は　私より若い墓碑へ
少しずつ接近する
私は明確には言えない　生命は分厚い墓石なのか
それとも　墓石は崩れ落ちない身体なのか
人と人の間には
いつもそういう思いがあり
それは言葉では交流のしようがない
面と向かって立っているだけで　それで充分だと思うのだ

静まり返った一筋の川が
厚い土の下に隠れて
多くのひげ根を養っている
誰にもその存在は感じ取れないが

人は皆　黄土を一ひねり一ひねり　捏ねて作られていて
だから誰もが同じ一般標準
土地と同じように　或いは石のように同じ標準なのだ
たとえ亀裂が入っても　空と海をそっくり抱えているが
私は　訳が分からないまま
まさかの雲に変わってしまい
あちこち漂った後、終にこの日を選んで
再び土に帰り　最初の
涸れる間もなく流れる涙に
変わるのだ

一九八七年

訳注
＊四月　四月五日または六日は、二十四節気の一つ、清明節。九一頁参照。

トーテム

あの日　おまえは博物館で　私にそっと一声呼びかけたのだった
私は突然気付いた　名前を呼ばれて我に返ったのは　自分なのだと
白蓮洞で盲魚*を捕えた頬骨の出た鼻ぺちゃの少し顎の出た柳江人*は私だ
桂林の甑皮岩*に蹲葬されて一万年うずくまりそのまま化石になったのは私だ
皮膚にはチワン族の錦織トン族の錦織ミャオ族の錦織のような五彩の紋様が隠れていった
赤色灰色の模様の印された陶片にだけ光り輝く記憶を残したのは私だ
左耳に太陽を右耳に月を吊るして霊魂は断崖の棺のままに絶壁沿いを高く高く昇ってゆき
永遠へ歩み入り無窮へ向かって遥か彼方となるのは私だ
布団にくるまり雛を抱いてベッドに座している産翁*と称するあの父親は私だ
夫の家に落ち着かず婿を取り婿入りして舅の権利を尊重するあの女は私だ
稔子花*が散り山査子が散り星もまた散ってしまう
ずっと岩の上に座って山歌を歌い年年歳歳山歌を歌うのはきっと私に違いない

歳月の過ぎ去るのを待つのは私だ
将来の一日を記憶するのは私だ

去年ロサンゼルスで君は一声低く吼えた
私は　牛を叩き斬る腕力で中華の誇りを捧げる若い衆が私であることを突然発見した
宇宙飛行研究所から間抜けにも飛び出てきた有翼人の夢は私だ
未来学の年次総会で論文を読み上げたすぐ後にディスコへ踊りに行ったのは私だ
雨乞い歌を歌いながら蛙踊り*を跳びはね
花山の石壁から一っ跳び周氏兄弟*の画布のうえに跳び降りたのは私だ
金田*の烽火を通り抜け右江の弾丸の雨をくぐり抜け
旗にいつまでも目のように開いている傷口は私だ
鬼柳の木*で奇妙に黄婉秋*を真似て恋歌を歌いまくるあの鳥は私だ
英語日本語広東語普通語がしゃべれる漓江*のあの老いぼれ船頭は私だ
長江黄河は向きを変えてしまい山川は向きを変えてしまい風雨も向きを変えてしまった
ずっと真っ赤な急流となって彼方へ急流となっていつまでも流れる紅水河はきっと私だ

過ぎ去った現実が待ち受けているのは私だ
将来の歴史が銘記するのは私だ

あの日　街角で見たおまえの顔　彼の顔　おし合いへし合いする顔
クソッ　突然はっきりしたよ　私とはおまえで　おまえとは彼で　彼とは私だったよ

一九八五年

訳注

＊盲魚　珠海南郊の蓮花山に、旧石器時代の遺跡があり、洞穴博物館となっている。「盲魚」は洞穴の水中に生息する魚。

＊柳江人　江西の柳江で発見された旧石器時代の人類の化石。

＊甑皮岩　桂林甑皮岩遺跡を指す。石器、陶片、人骨などが発見され、甑皮岩人と名付けられた。

＊産翁　古代南方の習俗。女性が出産した後、その夫が産褥に入り、陣痛を分かち合う。その夫を言う。

＊稔子花　山中に自生する果樹。六月初開花。七月〜八月に実が熟す。

＊蛙踊り　チワン族の民俗舞踊。多く蛙の跳びはねる動きを真似た動きをする。

＊周氏兄弟　世界的に著名な画家兄弟。広西何寧生まれ。兄、周氏山作（一九五二年〜）、弟、周氏大荒（一九五七年〜）。

＊金田　一八五一年、洪秀全・楊秀清などが蜂起した広西の村名。一八五三年、南京に「太平天国」を打ち建てた。

＊鬼柳の木　木犀科の常緑の灌木または小喬木。毒を含むが、漢方薬の原料にもなる。盆栽にもする。

＊黄婉秋　一九四三年、広西桂林生まれの俳優。映画『劉三姐』、『春蘭秋菊』、『長城大決』などに主演。

＊漓江　桂江の上流部。桂林の漓江下りで知られる。

蝶の舞い——往事その三

おだやかな笑い声がぬれて
浸み込んでいった
大化発電所の工事現場　一九七八年の
さそり座アンタレスが西に寄り　これから涼しくなってゆく旧暦七月*

三輪の三色すみれ　一休み中の三人の女性労働者が
中空高く並んだ枠組みにゆうゆうと寄り掛り
優しさは水に似て　清らかさは水に似て
明るくつややかな笑い声
突然
はち切れてしまった竹ヒゴの網から
垂れ
落ちて　ひらひら
命の空中舞いとなった

小波の舞い大波の舞い峰の舞い谷の舞い
霓裳*の舞い飛天*の舞い天女の舞い
鉄筋コンクリートに涙を流させ
何もできず茫然とする男に涙を流させるほどに優美だった
ヒゲボウボウの工事現場は
ついにこうして軽々と笑い声三輪を
もぎ取られ
大山の影死の影から
きらきら輝く音楽が流れ出たのだった

一九八六年

訳注

＊さそり座アンタレスが……　原文は「七月流火」。『詩経・国風・豳風』に「七月流火　九月授衣」とあり、その意は「七月にはアンタレスが西に寄り、これからは涼しくなってくる。九月になれば女は家族に着物を与えなければならない」。

＊霓裳　げいしょう。虹のように美しい裳《も》（スカート）。

＊飛天　横にたなびくような姿勢で飛翔している天人。

大移転

既に建設済みの、今ちょうど建設中の、これから建設予定の階段式発電所により、合わせて二十二万四千人が立ち退いた。

――「紅水河計画総括報告」

両手で――高く――頭上に――差し上げよ

芳しい酒壺を両手で高く頭上に差し上げる
密封された歳月を両手で高く頭上に差し上げる
震える手が
荒々しい呼吸とともにブナの木のように揺れ動き
酒の滝が
勢いよく
流れ落ち
赤褐色に燃え上がる神秘の炎が
突然に人の息がつまるほどに青くなり
土間の囲炉裏からは、ひとすじの煙が立ち昇る

古風で素朴で落ち着きのある陶の壺は粉々に砕けた

別れを告げるのは大勢の声に混じって
下ってゆく白い紙の旗
山から
谷底へ
一気に下る
起伏は大波小波のようで
全集落の声を出さない眼差し重苦しい眼差し
声を出さない重苦しい全集落の眼差しは
宙をゆっくり漂い
同じように沈黙する断崖の墓石は
ぽつんとある島のよう
山鬼と水妖の縁組みの伝説は実現しそうだ
鶏の鳴き声犬の吠え声牛の鳴き声人の喧しさ魚の生臭さ羊の騒がしさ汗の臭い稲の香り
霧のように退いてゆく

そうなのだ
銅鼓を叩き鳴らし大山を叩き鳴らし太陽を叩き鳴らし
屈葬をとり行い髪を切り刺青をした歴史は
永遠に永遠に断崖絶壁に遺棄される　永遠に永遠に
プロト*の末裔は
紅河の流れる方向にそって
山脈の続く方向にそって
悲
歌
行
進
す
る

一九八五年

原注
*プロト　チワン族の伝説中の始祖。

熱愛

ピアノの蓋を開ければ、真っ白な歯がきらきら並び
音楽が口を開いて話をする

ピアノの蓋を開ければ
一頭のシマウマに十人の小人が跨って駆け回るのが見える
大海の銀の大波の上に厚い雲が絶え間なくもくもく立ち昇る
繰り返し振るわれる黒皮の鞭に子羊はメーメー鳴き
クロツグミは雪野原でそれぞれにまばたきしている

ゆらゆら揺れて歩くペンギンは、胸と背中が
くっきり二つに分割されているが
生命は一つのまとまりなのだ

ピアノの蓋を開ければ
曹植がゆっくり七歩を往来して*
夜と昼とが少しまた少しと入れ替わっている

一九九四年二月二十四日

訳注
*曹植が……　曹植は曹操の三男（長男は曹丕、次男は曹彰）。『世説新語』は、文帝（曹丕）が曹植に、「七歩の内に詩を作れ、それができなければ、法によって処罰する」と命じたとき、曹植は即座に「七歩詩」を作ったと伝えている。史実かどうかは疑問が残ると言われている。

飛行機

I

かすみ立ち込め　大鳥叫び鳴き　轟音の唸りが空全体を覆う
茫漠の上方　凡人がそれぞれに一万尺の高所に連れてこられた
この大鳥は天路を神の居る村に改修し　天の川の岸辺に変えた
金属の長い翼は　蒼穹を背負う鯤や鵬を心服させ風下に立たせる
万里の全地球を一日で一周し　十六の標準時帯で昼がひっくり返って夜になる
北京時間から太平洋の標準時帯まで大鳥は空間に革命を起こした
上昇すれば　空は全人類の故里となり　着陸すれば空はすでに異郷となっている

大鳥は神話を率直簡明にし　オリオン三ツ星は海を揺り動かし天は風雲を扇ぐ
超音速は国家のそれぞれを境界の内側だけの小さなサイズにする
大胆にも丘陵・大海に跪けと号令するが　勇敢さは争わない　怒りとは取っ組み合わない

そいつは雲や霧に乗って自由に飛ぶという原則に決して従わず　時間に造反する
そいつは金遣いが荒く虚無の中心に突き進み　いきなり鷹の居留地に飛び込む
それは詩が空中を巡ることでもあり　世界は　そいつの巣に過ぎないというほどに小さい

2

一目で全てを見渡す優美　飛行機はふさふさの美しい髪に挿す銀の簪に似ている
宇宙は美しい若妻のようにはにかみ　茜色に映える雲の群れは彼女の頬紅
広大な青空は薄衣　星の一つ一つはボタン
露出した乳房は時に焼けつくような太陽であり時に明月であり
漂い広がる銀河の頭には彼女の太いお下げがくねくね巻き付けられている
飛行機は果てしなく続く白い雲を枕に　綿布団を掛けて眠る楽しみを復習し
ウィンドブレーカーにくっ付いた疲労は叩き落とすが一生はフライト以上のことではない
飛行機は海というその巨大な鏡と向き合い剃刀のように天に代わって道を行っている
黄昏の体毛を剃って次々に墜落させ　再びさっぱりさせれば又青年なのだ

3

人生一度はどうしても飛び上がるべきだ　本当に余りにも長く地面に繋がれている
是非にも飛行機に我が肉体に成り代わって我が精神と世界観を満載してもらい
物の引力から離れたなら　私は身体の器官が鍵のように地面に落ちる音を聞くのだ

気だるい黄昏が暗い洞窟前の鎖を外して世の生命を通過させている
宇宙の何という奥深さよ　私には単調な波音の震えているのが聞こえるばかりだ
だが私は終にちょうど遠出をしていたかのように不意に帰って来たのだ
ドシンと部屋に入り　ドアを閉じ　別の部屋のドアを開ける
高踏の踊り手が　夢想の紙の鳶を繰って　天地の間を旋回させる
その搭乗券はゆらゆら今にも落ちそうで　木の枝に引っ掛かって破れた凧のようだ

二〇一二年

花山の方へ（連作）

花山は、広西寧明県にあり、間近に明江を臨む。絶壁に、朱のような赤い顔料を用いて、千四五百の粗野で素朴な人、獣の姿が描かれており、そのうちの最大のものである人の像は三メートルの高さに達し、最小のものは僅かに三十センチの高さである。画面全体の高さは約四五十メートル、長さは約百七八十メートル、チワン族古代文化の源だと公認されている。

一

オオオッ　オオオッ——
私は血となって褒めたたえ、火となってひれ伏す
猪のむき出しの獰猛な牙からやって来る
雉の打ち震える長い羽からやって来る
神秘のトーテムと腰飾りの獣の骨からやって来る
飢えた狼の目の饕餮*のような緑の火を私は叩き消す
猛虎の額のきらびやかな炎を私は震え上がらせる
鋭い矢を追いかけてカチャカチャ音をたててやって来る

倒れ死んだ獣を踏みつけて痙攣してやって来る
血よ　火よ
凶悪な美よ
我らは剣をかざしてやって来る　太鼓を叩いてやって来る　銅鑼を鳴らしてやって来る
ニイルオーッ――！

粟の酔っ払った穂のうえからやって来る
玉蜀黍のきらめく房のなかからやって来る
山に開いた棚田と菅笠だけですっかり覆われてしまう田圃の土手からやって来た
私は血となって褒めたたえ　火となってひれ伏す
鉈を振り回しながら大声で叫び出す
天を衝く野焼きの炎を頼りにやって来る血よ　火よ
溢れるほどの美よ
我らは山歌*を歌い出し、小躍りをして、踊り出す
ニイルオーッ――！

刺繡入りの毬は軽やかに投げられてやって来る
紅染めの卵はぶつかり合いながらやって来る

黄金竹孟宗竹斑竹棘のある竹で組み立てた麻欄*が続々詰めかけて来る
もち米の白い餅が私の心に刻まれる
もち米の五色飯が私を魅了して舞い上がらせる
私は血となって褒めたたえ　火となってひれ伏す
血よ　火よ
崇高な美よ
我らは腹這いになり旗を掲げて招魂し平伏す
ニイルオーッ――ニイルオーッ

原注
＊山歌　チワン族の民謡の一種。
＊麻欄　チワン族の二階建て建築。上には人が住み、下で家畜を飼う。
訳注
＊饕餮　トウテツと読む。凶悪な怪獣の名。

二

矢尻が一つまた一つ

真っ赤な太陽に向かって放たれ、太陽のように
真っ赤な野牛の目に放たれ
獣の皮が牡牛のように頑健な駱越*
古国の男を包んでいる
赤い目の牡牛と戦うように咆哮する魂を
包んでいる
足音、沸き立つ歓呼の声が
野山に満ちる
ヤマアラシの死骸の連れ合いが呻くのを踏み越えて
投げ槍を
恐れを知らない腕と一緒になって
豹の口に突き入れる

山は、血に焼かれ
揺れ動く心を沸騰させ　森林は
樹間を吹き抜ける凄まじい風を巻き込む
香り漂う夜

篝火のうえにかざすと
パチパチ弾ける湿った焚き木は
満天の星のところまで飛び散ってゆき
伝説「プポ雷王と戦う」*のなかへ
故事「母子天の果てまで探す」*のなかへ
天女の夢のなかへ
飛び散ってゆく

灰は、とっくに埋もれてしまったが
古のその間を通じて消えることのなかった明らかな印だけが
今も尚断崖で盛んに燃えている
象形文字よりもっと原初のもののようだ
太陽よりもっと神聖なもののようだ

訳注

＊駱越　西南中国に存在したと言われる古代国家。
＊「プポ雷王と戦う」　チワン族の神話。
＊「母子天の果てまで探す」　チワン族の民間伝説。

三

風までも殺され
踏み荒らされた山野に、横たわるは
剣に口を寄せる頭、矢を飲む血
血に染まった死骸は
入り乱れた馬の蹄に倒れたのだった
金属と金属がぶつかり合った殺戮、侵略
残忍と冷酷
「ゴンゴン」鳴り渡る銅鼓だけが
弓を呼び出し、剣を呼び出し、籐の円い盾を呼び出していた
母は、絶望して泣き叫んだりしなかった
集落の廃墟から
年若い呰の村が決起した
文明は野蛮の後からついて行ってまた死を通り抜けた
切り落とした腕で赤い銅鼓を打ち鳴らしたその美しい少女は
山歌によって歌い継がれ称えられ
民族の崇拝を獲得している

鋭利な刃に切断されたかまどの煙は
河の岸辺に生い茂っている
血だまりの沼地には
英雄の銅鼓の時代が打ち捨てられているが
戦いはいつまでも錆び付くことなく
神聖な血にも、罪悪の血にも
真っ赤な或いはうす暗くてよく見えない色が波打っている

四

風の巻き上げた波を通り抜け、波のずたずたに裂いた帆を通り抜け
帆のない丸木舟に跳び乗り
血の滴り落ちる熊を追いかけ、熊を射殺した矢を追いかけたのだ
矢を腰に吊るした熟練の猟師のところへ急行し
漁師に向かって差し出し
猟師に向かって差し出す

丸ごとの美を、力の温もりを
溜まった血は溶け去り、飛沫は孤独を巻き上げてゆき
愛の急流は、高く険しい山々の間を勢いよく流れ
魚と熊の掌はひどく見劣りのするものになり
青春と心が、赤い刺繍入りの灼熱の毬を輝かせるのだった

一九八四年

詩の練習その一

庭の草花の雨上がりの香りは
死の影を放っており
朱墨で汚れた紙を残している
裸で踊っていた妖怪はあたふたと逃げ隠れて
細かな足跡が泥一面に散らばっている
風は草の葉の上に漂う最後の音を吹き落とし
枝に散り残りの寂しい花は
美しい未亡人の顔立ちのように見える

一九九二年五月八日

詩の練習その二

炉の中で燃え上がっている炎　それは
刺繡入りの靴を履いた仙女が踊っているのだ
明るく美しい笑い声　熱い波を四方に放っている
彼女の舌先の熱気は
君に超絶の美を楽しく感受させる
根を持たない植物が　至高に美しい花を咲かせ
そこに揺れ動く藍の蝶は　飛ぶほどに遠のいてゆく
一九九二年五月十日

詩の練習その三

私が夜明けの真っ赤な鶏冠を撫でると
澄み切った鳴き声が高らかに賛歌を響かせ　四面に時を告げる
桃花は春の手紙が次々にほころびて
喜びと　瑞々しさと　生まれたばかりの赤ん坊が張り上げる泣き声だ
ビルディングは雨のなかの満開の火の束
漢語の輝きは、都市・村落の内にふと現れて
吊るし灯籠から吊るし灯籠へ　目覚めから目覚めへ
この時にはもう一面に鶏の羽　時の流れは引きも切らず
男一人　紙のうえを歩いて声を張り上げ高らかに歌うが
何よりも澄み切って響き渡るのは間違いなく静寂だ

一九九三年 癸酉《みずのととり》新年

春に流離うの書

「知識は伝わることによって美しい」――世界読書デーのテーマ

どの書物もみな宝の瓶
きらきら澄み渡る黒い目のなかを漂ってゆく
彼女は走り、跳びはね、春から出発して
心のなかの泉
から
五指のせせらぎ、腕の川の流れに沿って
上流の君から、中流の彼へ、下流の私へと漂い着く
彼女は春風よりももっとゆっくりでよい
春雨よりももっと素早くてもよい
遊歩道、公共交通駅、建築工事現場から
婚姻登録所の入口まで
轟音とともに飛び立った旅客機から

四季に繋がっている地下鉄まで
川の流れるところには、例外なく若い顔

一冊の書物は流離いの途中で
古めかしい漢字をひたすらすくい上げる
甲骨を　鐘・鼎を　竹簡・木簡を　活字印刷を
同じではない空を　同じではない心情を
果ては　同じではない街路の色を
心のなかから出発して
心のなかにもどり
春から出発して
春へもどる

同じではない所作　姿勢
同じではない対面
ページごとの文字は
次第に伸びて広がるきれいな草の葉
その次には色とりどりの花の美しい春の野原

書物を捧げ持ち　春に向き合えば
車椅子の身体障害者は
大地に立ち上がり
その立ち姿は高山よりさらに高い
聾唖の人は
心のなかの声を聞き　しゃべり
それは川の流れよりもさらに広く伝わってゆく

まだ道理をわきまえない児童は
そこから歩いて雲よりもさらに軽やかだ
智慧のある年配者は
思考が岩石よりもさらに重い
丸太はしゃべり　石は花を咲かせる
身の程知らずなら頭を下げ
死んだ人なら再生を獲得する
盲人は澄み切った川面に映して自分を見る

生命の熱情は押し黙る雪山を
叫び声の轟きとともに崩してしまう
書物の力は
あらゆる軍隊よりもさらに強い

行こう！　君が一滴の水に過ぎないだなんて言わないでくれ
言わないでくれ君が滔々たる川の
流れに浮かぶ一つの瓶に過ぎないなどと
水のさらさら指を流れるところで
生命のか細い赤い糸が
真っ赤な明るい中国結び*を織り上げるよ

遠くへ　知恵の川へ
きらきら澄み渡る黒い目のなかを留まることなく漂う

二〇〇五年四月二十一日

原注

*この詩は、求めに応える形で「第十回世界読書日」のために作り、二〇〇五年四月二十三日、国立図書館の芝生で、

芸術家がその場に引率して「春に流離うの書」活動に参加した千人近い読者が読み上げた。

訳注

＊中国結び　伝統工芸品の一つ。

III

石

I

それは唯一の原存在　大いなる火が溶液となっているのである
世界の体内には　マグマが涙のように流れているのである
石は全鉱物の総和
地球の不器用な骨格
それが存在していない場所はない
石が石を産むのは破壊に迫られてのことである
一億個の巨石が積み重なると高く険しい山々となり
大石が砕け散れば無数の小石となる
ふんわり柔らかい土は石のもう一つの姿
タオが一を生じ　一が二を生じ　三回生まれ変わって万物になる
栗石と砂に　ニイニイゼミと一夜茸に

2

人類の詩篇とは石が組み立てた言葉たちに他ならない
火打ち石を打ってわずかな火を噴射したのであり
文明の燎原は燃えだしたらもう鎮まらないのであった
赤ん坊は石の敷き詰められた道から出発して墓石へ向かうのであり
その最後の石が土地の沈黙を見守りつつ
四方から時間の包囲を縮めてゆくのである
礎石を置き　石壁を積み　石柱を立て
人は抒情的に住まおうとするが　石は無関心
太古と共謀するのである　セメントは石の現代風な変種であり
石の遺骨は壁に吹き付けられる
死のうが生きようが　一貫して存在のために存在するのである

3

最も偉大な冒険とは石の中へ踏み入ることに他ならない
ちょうど白亜紀の恐竜のように
己自身を永遠の管理人に差し出すということだ

魚が潜り込んで固まったその海が　動く姿を捉えたのである
それは生命に対する最大の欺きによって　なのである

美しい石は玉となり　東洋ではそれが君子の徳に準えられ
石の蒐集には心の声を重んじ　石を愛でて心根を養うのである
高い山も深い谷も手に取って　そこに心を預けて賞玩するのである
天下国家には
もともと心の不満がわだかまるもの

貴重な言葉は　青黒く怪しげな顔付きの硯から出てくるが
硯が繰り返し吐き出す濁り水は
心をきれいに洗うのである

4

岩の洞窟は大自然の子宮なのだろうか？
風景は石から生まれ　山河の峻嶮さは石によって明らかになる
山水は石の醜怪さをもって麗しくなり　大愚はおのずから賢なのである
切り立つ青黒い岩たちは　荒涼たる顔を上げていよいよ荒涼としている

時間の脇では　まるで波間の岩が海を望んでいるかのようである
風に吹き砕かれた　歯　波が思いを集中させている　舌先
水滴に穿たれ　嚙み砕かれて傷だらけになってしまった　美しさ
最も崩れ果ててしまったものでも　それが最も蠱惑的なのである
いわゆる天の果て海の彼方も　石が幾つか積まれているに過ぎない

逆光のなかのカポック＊

夢幻の木だ　黄昏はその背後の大きな広がりへ沈んでゆき
木が逆光のなかであんなにくっきりと見えている
命を持つその身体がそれと分からないほどに揺れ動いている
誰のためにそのように明媚なのだろう　銀色の線があんなに眩しい
絶対に消え去ることのない美しさが空気中に放射され溢れている
生存の尽きることのないきらめきを心の奥から語っている
このときその木は
精神の不運を高貴な風格にくるんでいる
私たちはすっかりそれに傾倒して
匍匐する植物となっている

誰かの手が太陽の灯心をねじって小さくしていても
その木の光だけは昇ってゆく

欲望の花　この季節には見ることのない花が
最後の激情によって高みへ吹き上げられ
私たちの魂はその枝葉のうえを飛んでゆく
うす闇が次第に接近してきて　万物が零落すれば
精神の風景のなかで
黒いシルエットが　全てを意味することになる

一九九四年十一月三十日

訳注

＊カポック　パンヤとも木綿《キワタ》とも言う。熱帯産の常緑喬木。種を包んでいる絹のような白い繊維を、綿の代わりに布団に入れる。

北の田野

鳥の鳴き声は辺り一面の静寂に消えてゆく
紫色に膨らんだコーリャンの粒には母性の美しさがあふれ
すべてのトウモロコシの葉の切っ先は鈍くなっている
私の血流は
私の皮膚とは別の南方の地を流れていて
もうあんなに遥かになっている
遠方の林では、リンゴがひとつ落ちたが
露のしずくのそれのようにひっそりとして物音一つしない

これこそが本当の我が故里
心静かに穏やかに振る舞えること　氷の下の湖水が
古井戸のなかの少しも動かない黄昏にしみ込んでゆくようだ

渾然一体となった大いなる豊穣の沈黙が
骨髄深く入ってきて
生命が辺り一面の風景になることもあればならないこともある
このときから私はたとえ別の水域に流浪することがあっても
繭のなかの蚕のように安らかだ

秋の言葉が辺り一面の静寂のなかに誕生している

一九八七年

サファリパークで野獣主義に目覚める

このとき私は鳥類、獣類、虫類とこんなにも親密になるのだ
動物はとても美しい　植物はとても美しい
私と君は　賑やかに行き交う人の群れの中にいるのに
人類からは遠く離れている

曲水の宴でフラミンゴが片足立ちしたら
夕焼け雲は
水深くしみ入り　水よりも高い
ユーカリの葉を食べるコアラは
眠りがいつまでも続いて　途絶えるときがなく　眠りがとても美しい
白虎に対する酷使はずいぶん醜いが
虎たちの演技はとても美しい
鬼大嘴*の長い嘴は　でかくて赤く　でかくて黄色く

吹いても鳴らないラッパのようだ
インコは鳴き声が歯切れよく　耳に心地よく　尾羽がとても美しい

気温三十五度の南方は
顔の汗のしずくがコンクリートの地べたに落ちて
「ジュッ」　真っ赤に焼けた鉄が冷水に放り込まれるようだ
君が穏やかで美しい木だとしても
ふさふさの美しい髪は甘いジュースを含んだ青い草
腕は揺れ動く緑の枝のようでも　緑滴る葉は
野生馬にもぐもぐ食べられる
カモシカを駆け回らせたり　カンガルーを跳躍させたりする
チンパンジーが可愛らしい顔をくしゃくしゃにしてお道化る
オナガザルが所構わず悪戯をして　イヌワシがびっくりする
私の渇望　それらと同じように　空へ飛んでいったり
草原で野生のままに振る舞って　転げ回ったりしたい
彼らは檻の中から　めかし込んだ私たちを見ている――
こりゃまた奇妙な動物たちだ

恥を晒すような身体と恥じ入るほどの胸の内を覆い隠して
顔をさらけ出し　冷淡な眼差しに鑑賞気分を帯びている
活気に満ちた生命を束縛しているのだ
檻を建てて　孔雀の羽をとじ込め　ガラガラ蛇の合図を封じ
雄ライオンの高貴な頭を押さえつけ……

私は汗が背中じゅうを流れた
一匹の猿の目の中におびえの震えを見たのだ
私の周囲はますます混み合ってきたのだ
すべての動物はみなとても美しい
彼らを熱愛するなら　人類から遠ざけてやる必要がある

二〇〇九年一月二十七日

訳注
＊鬼大嘴　オニオオハシ。キツツキ目、オオハシ科、オオハシ属の鳥。アマゾン川流域の密林などに生息する。

川の起源

風は砂の上に名前を書き
雨は草の上に名前を書き
月は水の上に名前を書き
川は大地の上に名前を書く

風の書く文字はなぐり書き
雨の話す言葉は軽薄
月の心は隅々まで澄みわたり
川は自分のことに全然気付かず
くねくねとどこまでも書いてゆく

高秋

この時刻　北方の長く続く大通りは広々として静かだ
四合院*は悠然と眠りの中にいる　そのように幸福な真夜中
木の葉がひとひら頭上の乾きの中で澄み切った音を立てているのを聞いた
人はとても小さく　風はとても強く
秋の星空は高くなった
街路灯の光は独りの心の片隅までしっかり届いている

私は独り並木道に沿って進んでゆき
不意に道端の大木を抱いてみたくなる
天地の間に直立する気高い精神に
私が休息したいと思うような枝はない
私はその世界にもっと近づきたいと思うだけだ

二〇〇九年九月十八日

訳注

＊四合院　「四合」は「四方から合わさる」又は「四方を囲む」の意味を有し、旧時の北京地方の標準的住宅のスタイルだった。

サファリパーク

檻をもっと大きくしても檻は檻だが
その模範監獄ともなれば
最も偉大な権利が許されている　屋外に出ることだ
その季節
曲馬団のタレントのすべてが
心ゆくまで歌い　そうして踊っている

象の時間も蟻の時間も一様に
彼らの神である人類の
時間を遵守している
彼らは歯ごとに
隠しマイクが取り付けられているのだ
尻がつるつるに禿げた年寄り猿は

ひねもすその生殖器をぶらぶらさせている
彼の自由は
わずかにズボンを穿かないということだけだ

獣性を猛然と発揮する東北虎は
ぶるぶる震える鶏に跳びかかる
――彼の朝食だ
森の王者の仮面の下は　急き立てられている奴隷
まるで格闘家が
衆人の喝采の声の中でショウをしているようなものだ
在りし日を追想すれば　森の奥深くにも
今日の悲しみが混じっていたのだ

飼育員は生き物のために描き出したのだ
貨幣が不要　そしてジャングルで餌を探すというよい所
彼は得意満面でおのれの臣民に告げるのだ
これこそが天国だと

かつてオウムが口真似で
この人道主義監獄は残酷で獣道を弁えていないと抗議したが
その長い嘴は
その日のうちにトンビに穴をあけられて錠を下ろされた

脱走に成功した黒豹が
都市の股倉のたれ流しの間を通り抜けたときにも
身を寄せる木の洞を探し出せず
こんどは車の輪の下で惨たらしい死に方をしたのだった
人が多すぎて問題が生じるこの世界に
監房よりも安全な避難所は
もうどこにもないのだ

二〇〇一年五月

涠洲島＊

それはまさに一億回の日暮れの暗がり
落日の余燼がまだ残り　火山岩は何層にもメッキされて輝き
まるで大判の金貨のようだ
島は最初期の商人だ　潮の満ち引きが砂浜にサインを残し
ちょうど質屋の
白銀のように　巻貝の口を月光が覆っている
ゴチック様式の礼拝堂は高々とそびえる神の銀行
海外で通用する教えを　当時の小漁村に預け置いたのだ
そこでは聖母のスカートの衽《おくみ》が客家文化の利息を波打たせて
すでに何かが発生していて　遥かな夕陽の島の家々に小さな灯りが点る
神父の部屋がどれか　漁師には分かる
私が小声で言った心からの願いは　古来の火口にも分かる
世界は以前と変わらず居眠りをしていて　海底の色とりどりに

きらめく珊瑚のように　限りなく青い暮らしだ
今夜は是非にも静かでなければならない
一切は手付かずのまま　未だ醒めない夢の如し
漁師の歌は晩くまで響き　船ごとの灯りは
初めて宣教師がやってきてから
浮世の千古は一瞬だったのかと疑いたくなるほどだ
行ったり来たり　来たり行ったり　一体誰が誰かの罪を清算できるというのだろう
〈四百六十三歳の湯顕祖*は
まだ古道を覚えているだろうか?〉
潿洲島は今夜ゆらゆら揺れ
ナガミパンノキの果実には最後の深い情愛が充満している
火口の高ぶりはすでに時間によって掠め取られている

二〇一二年

訳注
＊潿洲島　ウェイジョウダオ。広西チワン族自治区、北海市の沖合いの島。
＊湯顕祖　一五五〇〜一六一七年。明代の劇作家。広西、臨川の人。『紫釵記』、『還魂記』、『南柯記』、『邯鄲記』。

海光

海から銀貨が躍り出る
よく響く澄んだ音符が大波の雪のように白い歯の間から躍り出る
今夜は大風が吹いて馬の群れを目覚めさせる　果てしなく広い馬の背の群れ
白波が遠くまで押してゆくそれぞれの馬の背は明るくくっきりしている
お下げを振り乱した白い処女が
果てしない空間を通ってゆけば　潮の流れは彼女の揺らしている長衣
尽きることのない潮　言葉のこまごまとした泡
言説の歴史が浮き沈みのうちに消滅してゆく
光のみが　この時刻　光のみが深淵で成長し

激情が湧きかえり　四方にあふれるその束は飾り房のように揺れ動く
明るく照らされる一瞬に　死が目をさまし　海はそのために痛みを覚え
幸福は解き広げられた青い絹織物の縁に一直線に到着する

水のひび割れるところでは　激流がしょっぱい傷口をめくり返す
彼方ではもう時間が　渦巻く銅鏡のなかで光を反射することはない

見渡せば茫々　広漠たる靄に隠れて
人の墓地　魚の村が安らっている

光のみが　この世界で　清らかな光のみが悲劇を明るく照らし
珊瑚の枝も飛沫も満開になり　人魚も歌う

最も単純な腔腸動物でさえ　蠢き　排泄し
それより卑小な生命もその独特の輝きを創造することができる

水玉が一つ一つ誕生する瞬間のそのたびに　形象は神秘継承の明確な特性を

消し去ることなく　どの一つも塵埃を消し去る力を持っている
水は常に互いに通じ合い　自由そのものには如何なる限度もない
「それは一切の限度を持たないものの総体である」*
「誰が光に内在する奥深い秘密を洞察できよう　誰がその光を独り占めできよう」*
誰が「永遠の空間からやって来る天啓の光に照らされることになるだろう」*

一九九五年四月二十八日

原注

*「それは一切の……」　ハイデッガーからの引用。
*「誰が光に……」　ソルジェニーツィンからの引用。
*「永遠の空間から……」　エリオットからの引用。

海路

I

私の目が波間に浮き沈みする　そんなとき
億万年の海面には　誰かが残してきた足跡
船体は鋭い剣に似て　路は　繰り返し　また繰り返し
というように　瞬く間に消え　瞬く間に誕生して
徐々に窪み込み　自分の影の一番深いところへと沈んでゆく

振り子よりももっと長々と　深まった秋よりももっと広々として
雪山の向こうを天へと続く草原よりももっと遠くまで
それぞれの航路は数え切れない海鳥が四方から寄り集まるようであり
魚の群れが八方へ逃げ去るのに似ている
海は打ち砕かれた水晶のよう

海は　裂けて　また閉じる
船はただ水上を運行するだけのアイロンに似て
歴史のひだをそっといたわってくれる

2

路は繰り返し泥から剝がれ
子宮に別れを告げる初々しく逞しい生命のように　日に日に成長する
君は　路が雲を通り抜ける音に耳を傾ける　虹が水を割って
出てくる　君は空気中の擦り傷の焼け焦げた臭いをかぐ
道は感覚の外にある　夢さえも足を踏み入れられない場所だ
石油採掘の井戸が海底を横に貫いている　血管が蛸の足のように
君の体内に根を下ろしているかのような
そしてその一切は単なる想像にとどまるものではない

3

この液体の路には　心を晴々とさせる美があり　途切れなく続いてゆく美がある
激情に満ち満ちて温かく滑らかなその起伏は
視覚がちょっと触れるだけで　果てしない広がりへと通じてゆくのだ

私の開かれた身体は不思議な港だ　満ち溢れてくる愛
豊かで気ままな紺碧　透きとおる色
まだ何かあるだろうか　愛と欲望より神聖なもの
まだ何かあるだろうか　水の滴る長路より細長いもの
「誤りを構成するような海はあり得ない」*

その
ちっぽけな村落　囲いの剝がされたその世界
石は　湧き上がって波のように遠くへ……

一九九五年五月

原注
*「誤りを……」　エリティスの詩からの引用。
訳注
*詩人エリティスは、一九一一年、ギリシャ復帰前のクレタ島生まれ。一九七九年ノーベル文学賞受賞。一九九六年没。

竹

身体から引っぱり出した骨を
土に挿し込むと　一陣の風に
長く細い青竹がつっぱって
小さな故郷を支える
そこに　美しい揺らめき
どこもかしこも例外なく　その風景

刃物の刃のもとで軽やかに舞う竹ヒゴは
その刃よりも鋭く
すっかり露わになった竹の筋は断言する
我が言葉と詩歌には岩石が深く入り込んでいると
血管は節を貫き
天地の精神と相互往来していると

これから私は気韻生動*
生命は最も自然な緑を現すと
貧窮　だから毎日竹の姿が見られる
足るを知る者はいつも幸福である

一九九〇年五月九日

訳注
*気韻生動　すぐれた作品などによって、引き出される崇高な何ものかが、今にも動き出しそうな勢いになること。

死のショートメッセージ

病院へ通じる路上を車が疾走し
私は空が一瞬開くのを見た
そこは明るく澄んで高くて広く　最も深い所は影がゆらゆら
まさかこんなに早々にサイドアウトになるなんて？
魂の漫遊
まるで形を隠した翼が私を待ち
私を連れてすでに決まっている待ち合わせに赴くような感じだ

地上を移動してきて数十年
このとき空は改めて私とつながるのだ
そうだ　私もきっとあの浮雲の虚無茫漠のように
安らかに静かに　淡くあっさり　果てしがないのだろう
あるいは　そこにもう信号はなく　私はサービスエリアにはおらず

世に私の音信はもうないのかも知れない

この暫くの間に　私は後部座席に斜めに横たわり
心持ちは穏やかで　きれいな水面に似ていた
一瞥するだけで宇宙の内に存在する奥義を洞察する
生命は取るに足りないほんのわずかな情報に過ぎず
その暗号を携え
この世界として複製されるが
その後にすぐ削除され　もう一つの時空へ転送される

見えない何かの手が　そっとキーボードを押す
目を見開けば拒絶の意を示し　閉じれば受け入れを意味する
私は努めて平静になり　落ち着いて運命の位置の移動を受け入れる
神がどこにいるのか私には分からない
死は突然に全然恐くないものに変わる
中国でオフになったら　さらに外国に行って充電するだけだ
ちょうどショートメッセージをこの平凡な日常に向けて転送するかのように

二〇一二年

喜び

あたかも池に石が投げ入れられたかのように
小さなえくぼから
ハハハという笑い声が
続けて又続けて吹き出す

ほどなく動きは脱兎のように
喜びは君の口元へ　目の中へ跳ねて
頬に艶然と咲き開く

無意識の内の愉快　セレブの生活の軽はずみが
君の青春の身体を駆け抜ける

満面の春風には　果てしがなくなり

色とりどりの花がきらきらしている

ふたひらの紅の曇り　咲き開いた淡い紅色は
喜びを最高頂に持ち上げる

肩を振り振り　地面を踏んで笑い声の拍子をとり
揺れ動いて愉快なリズムを生み出す

息もつけないほどだ　胸の中には喜びが満ち過ぎて
収め切れなくなり　あふれ出してくる

二〇一〇年一月十日

春　菜の花を尋ねて会えず

天真爛漫な笑顔が　ひとひらひとひら隣り合い
普段着の野の子供が
広大無辺の春風の中で手に手を取っていた
みんな小さい春と同年齢
誰がきらきら光るこの油彩を撒いたのだろう？
ヴァン・ゴッホ狂気の黄色以上に気ままにふるまっていた

植物の中の我が同胞のことを話せば
君の顔にも万叢の笑みが重なり浮かんできた
まるで黄金の海岸にやって来たのと同じ
私の目の前に限りなく広い波の原が浮かび上がってきた
自由気ままな春の気分は　揺られて地の果てまであふれていたが
むき出しの田野が　いきなり目の中に傷を負わせた

菜の花は約束を違え　四月が大声で呼んでも行ってしまった

くたびれた人は　刷新を待ち
心の中は荒れて物寂しく
目の内にぼんやり見えて　さっと過ぎった楊貴妃
まるで艶やかな大唐が延びて来たかのようだ
あの五弁の盛んな世が　あんなに気高く聳えている

愛嬌よしの武照姉さん*もへりくだる牡丹の精によるのではない
前世今生の艶やかさをまき込んだとしても
花は咲かなければ　その時ではない
私は陳子昂*なのではない　二〇一四年の東莞*は
洛陽の賑わいに取って代わりつつある
あれこれの想いは旗峰山に登って大きな声で歌う
天地の大いなる美は
いま牡丹によって覆われてゆく

二〇一四年

訳注

＊武照姉さん　若き日の則天武后（六二四〜七〇五年）のこと。武照が本名。

＊陳子昂　ちんすごう。初唐の詩人。六六一〜七〇二年。四川の人。

＊東莞　とうかん。中国広東省の新工業都市。

終点のない旅の道のり

飛行機は今日の大鳥　靴の片方
空を飛んでくる新婦の花駕籠
N市からG市へ　もう遠方というところはない
もういわゆる長たらしい一生はなく　もう永遠はない
おお　スカートのようにあんなに簡潔に滑り降りる

君が到着ロビーの映像スクリーンの奥から湧き出てくるとき
隠し撮りしているビデオカメラは見えていない
私は君の顔を　雪が峰々に露わになっているかのように見る
まるで暫く前に君のうしろ姿が安全検査口から消え去るのを見ていたかのようだ
あたかも身体の向きを変えるやまたそこにもどるかのようだ
早朝君は鏡に向かって化粧をする
そのすぐ後にも常にその動作だ

「私はずっとここにいて　わずかに
地面を離れて再び地面にもどったというだけ」

蟹の灯りを点けない新婚の部屋に身を寄せれば
背中の部分をぴったり閉じたワンピースは両開きのドアの扉のようだった
そっと開け広げられ　君を
竹の子が皮を剥がされる状態にし
「まるでリンゴが秋に在るように」した
昨日と今日を結びつけ　記憶と現実を結びつけるのは
一本の狭いファスナーだ

翌日　改めて上演
古めかしい寓話の焼き直し現代版　亀と兎の駆け比べ
私たちの誰が先に目的地に到着するか
バスがのろのろ骨折って運行するとき
君は白い紙のように私の頭上をひらひらして
飛行機は再び汽車の駅の低い屋根を飛び越えた

一九九八年十月十三日

音のない夜

なぜこの題名を付けたのか　私も忘れてしまっている
時には手の動くままに当時の感覚に触れ　少しは字句を打つことができたが
後日　自分でもはっきりしなくなった

思い返してみると　多分あの時
私の緑の部屋の中はとても静かで
大勢の人が無地の服を着て
無口に暗いところに座し　少しも動かずにいたようなのだった

多分メールを受け取ったのだ
指先に打ち出されノートパソコンから伝わってきたメール
その文字は灯りの下でコガネムシが
めいめいにぶんぶん音を立てて飛んでいたということなのだ

このように言う時　私も年を取ったようで
過去のある時期の月日の中へ落ち込み始める
その時私はとりわけ音と静けさに敏感で
ほんの僅かな音でも必ず私にとらえられるのだ

多分何かの言葉からやって来た物音なのだろう
不思議なことだよ　詩を読むことは　詩人に会う感じよりもいい
だが私はずっと　詩人というものはすっきりしない奴で
詩歌そのものの純粋さがない奴だと感じてきた
詩人の曖昧さが　詩歌に対する私の感覚にも影響しているのだが
紙の上に　或いはディスプレイの上で詩を読む時
私の感覚はよりすっきりするだろう
たいていは文字が幾つかのものを濾過されているのだ
もし詩を書く人間が詩を書いて
それがその人と無関係になってしまっても　それはそれで宜しい
一つのものを囲むのを　邪魔してはならない
生活は静かで　何も知らず何も感じないでいられそうだ

ある時　君は自身が前へ進んでいると思ったのに
実は後ろ向きだったのだ
自分から放り出していたと思ったのに
実は積み重ねていたのだ
自分が薄暗がりを堕ちていると思ったのに
地獄を落ちている訳でもないのだった

一滴の水が　最もきれいさっぱり消え去るというのなら
何といっても海へ消え去ることだ
生活は他の何よりも痕跡を持たず　他の何よりも潤いを持っている
それこそ生活の中へ消え去るということだ
痕跡はなく境界はない

二〇〇三年

海中誕生花

I

世の女は全て水から成る骨と肉　清純　やさしい心根　或いは移り気な心
だが　おまえだけが海と呼ばれ
おまえだけが休みなく打ち寄せ　波立ち　引き潮となり　上げ潮となり
激情を四方へはじき飛ばす
風のしみ込んでいる肢体　えも言われぬふるえ……
ゆらりゆらり波打つおまえの長い髪の終わりのないリズム
完璧な曲線　滑らかに上下する波の峰に似ている
おまえの美しさは天地をおおう美しさ　おまえの水浸しは頭の上までの水浸し
おまえの渦に入ると　船乗りは方角が分からなくなる
只おまえだけが永遠に勝手気ままで　永遠に測り難い深さなのだ
たとえおまえが髪をふり乱しひどく躓いて暗礁のベッドに倒れることになっても

その瞬間に大輪の花が轟いて満開になるのだ

2

海中に誕生する名前は波にきらきらあふれ出る名前
塩の結晶のように明るく美しく乱れ舞う
水を滴らせて広げた貝殻の掌はヴィーナスという名の女性を捧げ持っている
彼女はエーゲ海ではアフロディテと呼ばれ
南中国の海では彼女は即ちおまえ
彼女とおまえは本当は同一の人　おまえの姉もしくはおまえの妹だ
もう一つの名はヘレナ　彼女の驚きの美しさ
二つの古代都市国家は望むところだったのだ　十年戦争
詩歌と音楽は世俗から流血の上に逃避し
矢車菊の花びらは昼も夜も炎の上に飛び舞い
彼女のために戦って死んだ男はみんな美少年アドニス*となり
草木の活気にあふれて繁茂する春に目を覚ましたのだ

3

海を見たことのない者はいない　海を想像する者はもういない

二本マストの船を失ったこの時代
全身が金銭の臭いにまみれている　私はそういう人間であり　生活に闖入した者であり
海底に死んだとしても紺碧の冥想を止められない　私はそういう鬼っ子だ
私の詩はこの都市の女性に捧げられるものではない　おまえだけに捧げる
おまえの竜巻がもう一度私の魂をすすぎ洗うのを待っている
海水は知恵を注いで悟りをもたらし　生命に付いた塵を洗い清めてくれる
私の内心の物音　だが聞こえてくるのはおまえの波音だ
おまえはまさしく一つ一つ　浮き世の外の深みへ打ち寄せている
もともと世界に海はない　特別に一つのおまえだけがあり
おまえだけが海と呼ばれる
おまえのまなじりの涙の珠こそが海の最も真実な存在なのだ

一九九七年六月十九日

原注

＊アドニス　ギリシャ神話中の愛の神であるアフロディテ（即ちローマ神話中のヴィーナス）の恋人。彼が負傷した後、愛の神は非常に悲しんだので、神々は深く心を動かされ、彼が毎年六ヶ月間復活して意中の人と相会うことを特別に許した。毎年この時期になると、万木は復活し、大地に春が戻って来たという。

自由な李白

李白を読むのは本当に愉快だ。彼の拘りのない大らかさ、生き生き湧き上がる心は、まるで上空に駆け上がるようで、私の思うところ、創造精神を思いのままに揺り動かして、その働きを始動させようとしたのだ。私の想像のなかの李白は、一振りの短刀を懐に入れて世間を流離っている。言葉の持つ直観の美しさと詩的な心地よさを論ずるならば、中国古代の詩人のなかで、誰一人彼の傍まで行けた者はいない。六年前、『詩人の好きな詩』という本のために一文を書いた時に、すでに言ったことがある。「私が最初に、そして最後に受けた恩恵は中国歴代の大家から来ている。そのなかで私が最も好きな詩人は李白だ。」

李白は酒を愛した。「斗酒詩百篇」が伝説であるとしても、酒と詩の関係を創作哲学に変えた最初の詩人だと言っても、たぶん言い過ぎではないだろう。人となり、詩文の風格、酒を飲むことと詩を作ること、どちらも李白の自由な心性の現れなのだ。彼は長安の街で酔っぱらって横になっていて、天子が呼んでも船に上がらなかった。彼は「長きにわたって夜郎*に流された」ことを「逍遥游*」だとし、道中「太白遺風」の酒旗をはためかせた。彼は湖水に舟遊びをし、酒を飲んだ後に月を掬い取ろうと水に入って溺れ死んだ。彼は楊貴妃のために「雲には衣装を思い、花には容を思う」（「清平調詞　其の一」）なる詩句を書いたが、皇帝の御機嫌取りをしたと疑われ、死後に非難される憂き目に遭うのではないか、などという憂慮はしていなかった。知り合いになった、在野の友人である汪倫が宴席を張って彼を懇ろにもてなしてくれたので、彼は桃花潭の畔で詩を贈って御礼をしたが、受け取った人が地位のない無名者ゆえ、詩が世に埋もれてしまうなどと心配しなかった。黄鶴楼に崔顥の詩の懸かっているのを見上げ、読み終えるや及ぶものではないと自ら嘆じ、筆を手にすることなくそこを立ち去ったが、自分の大詩人たる名声を辱めるなどと恐れはしなかった。正義擁護の義侠の士を自認し、事情も曖昧なままに反乱軍に馳せ参じて幕僚になるということまでしたが、関係者たちの追及は気乗りしないものだった。何故なら、尊大で渋面の士大夫の群れのなかで、李白の天分は大変澄み切っていて、たとえ彼が一層困惑したとしても、身体中の透き通る光を遮りようがなかったからだ。

　純真気ままな李白は、その時代には掛け値なしの異類だった。知っておかなければならない。中国古典詩歌の多くは、ひたすら推敲を重んじてきたのだ。所謂「二句、三年にして得る」（唐・賈島「題詩後」）であり、「拈《ひね》り断つ数根の須《ひげ》」（唐・盧延譲「苦吟」）なのだった。ほとんどの人は詩を書くのに、もったいぶって己の詩人たる地位に重きをおきすぎて、未だなお書き始めていないのに一字一字を珠玉と見做し、一句一句を絶唱と見做して、概要の半分も我がものにしていない。その結果、独自の工夫を打ち出そうとする気持ちが強くなり過ぎて、そのくせ職人的な部分が漏れ落ちてしまう。李白だけが自由に生きており、ものを書く有様も気楽に自在に、心にもブレるところがなく、他の詩人のようなところがなく、精妙な言葉を用いて如何に詩の外にある「大義」を担うか、そのことを常に思っていた。彼は、自分が大事を平気な顔でやってのける自信と輝きを、言葉によってより具体的に表現した。「黄河の水　天上より来たり／奔流し海に到り　復た回らざる」。「高堂の明鏡　白髪を悲しむを／朝には青糸の如きも　暮れには雪を成す」（共に李白の「将に酒を進めんとす」より）。前の一句は空間を幾重にも引き延ばし、後の一句は時間を揺るぎなく圧縮しているが、このたぐいまれな絶妙の句は決して容易く思い浮かべられるものではない。私はこれまで読んできて今もなお作者の感動の歓喜を感じ取ることができる。しかし、詩人は自由の神に引っ張られるように、意想外の気楽で気ままな「君見ずや」を冒頭に、「君見ずや　黄河の水　天上より来たり」と口をついて吟じたらしく、飛ぶような流れが真下に落ちる（飛流直下）のと同じく、自然な感じなのだ。李白の物事に動ずることのない自在さは、彼の創作が生命と身体の導きに大胆に従うというところに、やはり体現されている。彼はずっと世俗の生活を恐れてこなかった。「羊を烹《に》　牛を宰《ほふ》りて　且《しばら》く楽しみを為せ」、「但《た》だ長酔を願うて　醒むるを願わず」というような、生まれついて備わっているらしい、大喜びして戯れる酒仙精神は、感覚を頂点にまで解き放つということができるのだ。彼はすでに儒家の「言を立て徳を立つ」を規範として崇めたりすることなく、また、ひどく古臭い名士風を無理に表情に出そうとはせず、完全に真を以て人に自分を示したのだった。この「真」とは、即ち李白の身体であり、生命が真実嘘偽りなく活動する場所なのだ。それゆえに、今日私たちが、李白のそのような奔放な詩を読めば、同様に奔放な李白という自由な人を常に思い起こすことになるだろう。そのなかに、繋がる通路があるのであり、その通路というのが李白の身体なのだ——彼の生身の身体は去ってしまっても、逆に彼の一人の人間としての生き生きとした気風は、己の詩篇のなかに留まっているのだ。彼の創作は、活力がなく空っぽだなどということはなく、自己を徹底的に参入させた言語活動なのだ。時間は無表情にいつまでも流れ去っていくけれども、自由に転がる石を押し流してゆくことはできない。私たちが詩作品に近寄れば、そのたびに思い起こすことだろう。詩作の現場である詩人李白に、私たち自身を置いていることを。

訳注

＊夜郎　今の貴州省西部の地。「夜郎自大」という成語がある。

＊逍遥游　『荘子』の篇名。物事のあるがままに任せて、拘らないことの意。

『年鑑』の原則、立場、手順および編集大綱

作品選考の原則

創造性、アバンギャルド精神そして現場感覚を重視し、中国語自身の活力を体現させ、年鑑の芸術精神に対応する詩歌の基準を一歩一歩形作ってゆくというのが、『一九九八中国新詩年鑑』の確立したところの、作品選考の原則であった。『二〇〇〇年鑑』*は、引き続きこの基準を堅持しようと思う。南方で誕生し、中国の周辺文化を代表する、この非主流非中心の詩歌年鑑は、その始まりから、一つの方向性を有し、歴史資料的な意味をもつ選集であり、そのあらゆる努力は、まさに詩性を鋳直すということであり、他人が見て最も詩性のないところに詩歌を起死回生させるのである。

挑戦しているのは、九〇年代以来のアバンギャルド詩壇内部の、日増しに硬直化してゆく沈滞の局面、及びますますその度合いを増してゆく技巧化・細密化がもたらした、二十世紀後半における世界範囲の詩歌の衰勢である。それが編まれる前、詩歌の世界には「鬱陶しい」ムードが立ち込め、一冊の詩選集を普通の読者や研究者が読み通せないだけでなく、本当のところ入集者を含めても数人も忍耐強く読み終えていないのだったが、これまでずっと、敢えて「教養のある人」が立ち上がって、その「皇帝の新しい衣」を引き裂くことはなかった。

『中国新詩年鑑』は、芸術の直覚美と詩性の快感を声を高くして言い、詩歌の直接性、感性及び人の心を直

に目指す力を強調する。詩と、人のそのときそのときの生存の真実性との密接な関係、詩人が遭遇する世界に対する詩人の名辞能力の回復を主張し、創作が西方の大家を読んだ後の感想文に堕することに反対するのである。決して誰か一人が照準を合わせるのではなく、詩をその本義にもどすというだけのことである。即ち、既にヘーゲルが述べているところの詩は「世界の詩歌」のことであり、「文人世界の詩歌」ではないのである。疑いの余地もなく、『年鑑』は詩と日常生活の懸隔を貫通し、「モダニズム」と「ポストモダン」の砦を叩き壊し、汚れも引き受ける「動物的狂暴」の力を詩の内にほとばしらせ、詩歌を更に逞しくし、急激に変化する時代の万象と現代人の複雑な感情を網羅する「胃」を、更に逞しくする。

私たちは、今日重ねてこの原則を声明する。依然としてこの努力が、任は重く道は遠いものだからである。同時に、私たちはもう一つの傾向、気ままに些細な「ありのままの生活」をちょっと書けばそれが詩になると考える傾向、これに警戒する必要がある。『年鑑』の芸術精神に対するこのような通俗化した理解が、まさしく今若い年代の詩作を損なっている。だが、私たちはとっくに詳しく説明しているが、『年鑑』が理解する生活は「尊厳ある生活」なのであり、詩歌の美の力は生活の内部を指向し、生き生きとして瑞々しい口語は、決して「口水」*や市井の俗語と同じものではない。新しい日常の言葉を新しい詩歌の言葉に転化する可能性を探求しなければならないのである。芸術が表現しなければならないのは「どんな形であれ自分と関わりのある」事物であるけれども、生活は決して詩歌の代わりにはならない。詩とは開かれたものであるが、自己に満足するものでもある。誠実な詩人は生活の感受に忠実でなければならないが、芸術に対する己の内心の認知にも忠実でなければならない。

基本的立場

『中国新詩年鑑』は、真正の永遠の民間的立場を継承するという全体の主旨を、冒頭に明らかにする。それは必然的に、現存の文化秩序や詩壇の枠組み構成と衝突することとなる。それはいかなる意味における権力の言葉も消去する。そして、主流の意識形態あるいは西方文化の覇権からきて、創作に内在する自由を遮ろうとするものを消去する。極端な場合には、民間であるというそのことに由来して、創作に内在する自由を遮ろうとするものをも消去する。但し、それが関心を払う重点と傾向は、詩人の社会学的立場ではなく、詩人の文学的立場であり、それ故に、私たちの見るところ、真正の詩学革命は詩歌内部からのみ推し進められるのである。

『年鑑』は、より広範な民間の創作グループに対する関心を通じ、彼らの作品を推奨することを通じて、彼らの、現下の生存についての考え、人間性に対する態度、日常経験に対応する表出、現代中国語における創作資源の開拓を見い出すのである。真正の民間創作のみが、私たちの言うところの「民間の立場」を豊かなものにする根本なのである。

民間の立場とは、芸術上の自由主義を意味し、詩人の実験精神、探求方向、価値選択、表現方法と創作における個人の基準を尊重するものである。それはつまり、創作の独立性の堅持を意味するということでもある。そこで民間の目指すところは、絶対に地位身分と同一ではない。何故なら、民間とは特定の何人か、或いはグループではないからであり、言葉の同一のスタイルへの誘導体ではないからであり、千篇一律の詩歌製品でもないからである。そこから現れてくるのは個人の真に独自の経験である。即ち、主流といっしょに行くのではなく、非主流といっしょに行くのでもない。為すところは概念の転覆であり、避けるのは自我の消滅であり、この開かれていて、受け入れることをしてくれ、可能性に満ちているこの領域においては、誰もその内容を独占できる人はおらず、その全ての真理を言葉にできる人もいない。民間という存在は、そのままなら「皿の上のさらさらの砂」状態の存在であり、複雑にして曖昧であるが、まさしく詩歌生命の活力の源の在り処なのである。民間を純化するというようなこと、またこれを組織化し、団体化する行為は、これまで民間精神とは反対方向に向かってしまっていた。民間の立場を一つの流派として括るということ、グループに模倣というやり方を供するという企みも、これまでは根本的なところで、民間と命名した初心からかけ離れてしまっていた。

詩歌という現場を除いたら、民間はもう他の如何なる存在でもありえない。こういう存在は固定的なものではなく、動的なものである。もし詩壇が存在するとは言わなければならないとすれば、民間という立場から現れてくるのは、不断に打ち壊され、一新される詩壇に他ならず、その秩序はその不断の変化の中にこそあり、そういう変化は民間自身の衝突と不統一を代表してもいるのであり、こういう衝突だけがすっきりしているのであり、こういう不統一だけが人目にはっきり見えるのである。真正の民間には、やはり自身に反対する勇気が必要なのである。何故なら、民間の運命とは、永遠に権力を消し去り、放棄することを意味するからである。

作品選考の手順

『中国新詩年鑑』の採用候補作品は、以下の幾つかの方面から構成されている。即ち、その年度に出版された民間の新聞・雑誌などの定期刊行物と自費出版詩集。その年に受け取った未発表の手書き原稿を含む、自由投稿原稿。編集委員の推薦。その年に公になった出版物。編集作業をより有効に展開する為に、一年にわたって、内外で活躍する詩人に向けて作品依頼の手紙を出したところ、幅広い熱い支持が得られ、多くの詩人と批評家が、ひとかたならぬ積極的な協力を、私たちの仕事に与えてくれたのだった。詩人舒婷には福建青年詩人の作品をまとめて推薦していただいた。潞潞には山西の数名の新人の代表作を推薦してもらった。黄燦然、王偉明先生には、それぞれ別々に、香港、澳門の十名余りの詩人を推薦していただいた。台湾詩人の張默、台客もおのおの海峡対岸の詩人の佳作を推薦してくれた。さらに周倫佑、程光瑋も相前後して作者と私たちの関係を説明してくれた。十月、各方面からの原稿の領収が終了し、広州の編集委員会が比較的ゆるやかな第一次選考を行い、十二月末、各地の編集委員が大連に勢揃いして、一つ一つの詩作品に対して投票を行った。選り抜きを原則とするという大前提のもと、芸術性を以て取捨を考慮し、入選した優秀詩作は、口語とイメージという二大共通点を含み、作者が如何なる流派に属していようと、編集委員の過半数の投票を経て承認されて、等しく入選可能になった。春節後、全ページの印刷組版が完成、それは千ページ余りに達し、広州の編集委員会はやむなく再度適度な削減を行った。広く各編集委員の意見を求めた後、編集主任が本年度世に問う新人の最初の名簿を確定し、かつ個別に新たに寄せられた原稿やら、新たに見つかった佳作やらを増補し、最終稿とした。年鑑の理論部分の編集作業は、主に謝有順が引き受け、大きな出来事の記録と詩学観点の要点は、沈奇が骨組みを作り、沈浩波と楊克が補足をおこなった。

編集委員会

『中国新詩年鑑』編集委員会は、組織されたその日から、極めて効率的で着実な足取りの、現代民主の価値観念と協業精神とを備えたグループであり、一巻の『新詩年鑑』の計画から出版までの、それぞれの段階のエキスパートを集結させた。まさしく人員の組み合わせという科学的合理性によって、『年鑑』は初めて大きな成功が得られたのである。『年鑑』の文化界や詩壇内での影響は日毎に広がり、読者の広い賛同を得ることができた。各方面からの期待がますます高まっている折から、今この場で、はっきりした態度を堅持することがとりわけ重要であるように思われる。そこで、もう一度重ねて年鑑編集委員会を立ち上げた当初の構想を表明する必要がある。「編集委員」、「編集委員」と言っても、つまるところ編集委員会の略称ということに他ならず、年鑑編集委員会は作業グループにすぎないということであり、『年鑑』の編集および新詩編集を巡って執筆依頼、選考編集と関連する詩歌活動を推し進めることに責任があるのであり、詩以外の事柄に関わることはない。その他の場面で編集委員は当然、新詩に対する考えを含む意見を発表する権利があるが、それは個人の観点の表明に過ぎず、決して編集委員会を代表する発言という訳ではない。「編集委員」は見せびらかすことのできる類の身分を象徴するものでもなく、人の創作のキャリアを説明するものでもなく、せいぜい中国新詩の建設と『年鑑』の編集事務に真面目に参加したことを意味しているだけである。

権威主義は、まさしく民間の立場が斥けなければならない極めて堕落した代物なのである。編集委員の本来の性質は、独自の確かで透徹した知見を有し、公正な芸術的判断力を有することを体現しており、その上で平常心を有することを要し、一切の事柄を神聖化してはならず、妄りに自分はいま漢語の新詩のためにとても素晴らしい貢献をしていると思い込んではならないのだった。実際のところ、私たちが「年鑑」を編集するというのではなく、発展すべき中国詩歌はやはり発展し、死すべきはやはり死ぬということだ。私たちはこのことを成そうと選択したのだから、最少の可能性から始めて、少しずつ懸命に努力してそれをしっかりやったというだけなのだ。ここにおいて、「詩文本」、「詩歌と人」、「面影」等、広東の民間刊行誌の責任者である符馬活、黄礼孩、宋暁賢、江城、王順建、余叢等の何人かに、特別に謝意を述べなければならない。彼らには年鑑のために、ボランティアで校正等多くの煩瑣な実務作業を担っていただいた。まさしく彼らの費やした心血によって、やっと本年度『年鑑』の全ての編集事務が、比較的良好な完成を見ることができたのである。

序言と体裁

『年鑑』の序言は「序に代える文章」という形式となり、執筆は編集委員会がどなたかに依頼するが、年鑑の基本精神と抵触することさえしなければ、個人の観点や美学趣味が鮮明であっても全く問題ない。「序に代える文章」は編集委員会の発言を代表する必要はない。編集委員会の唯一の期待は、序言の言葉が質素で飾り気がなく、胸襟が開かれており、眼差しが遠方まで届いており、そうして己の狭い範囲だけを注視するのではないということである。何故なら寛容は、詩人の、体制に対する要求というだけではなく、突き詰めて言えば、個人と公衆の寛容は現代社会の基礎なのだからである。

『二〇〇〇中国新詩年鑑』第一巻は、本年度世に問う実力を備えた新人とする。第二巻は、中国大陸の詩人の佳作とする。第三巻は、香港・澳門の中国特別行政区と台湾地区の詩人の詩選とする。第四巻は、世界各国に滞在する中国詩人の作品とする。第五巻は、傑出した詩人である昌耀の逝去紀念特集とする。第六巻は、詩歌理論・批評とする。第七巻は、詩学観点の要点、詩歌活動の主要な出来事の記録、入選作品の初出等とする。詩壇には従来席次を並べるという悪習があり、そのために私たちはやむなく再度説明するのである。当『年鑑』の慣例に従って、一巻ごとにおける詩作品の、配列順の前後について、より多く考慮したのは、年鑑全部を読むとして、その内容と特徴の抑揚・変化であり、美学的な配慮と関連であり、作者の重要性や詩の水準の高低とは全く無関係なのである。

二十年前、現代詩は、また改めて民間から出発し、二十年このかた、中国の各世代における、芸術を自覚する詩人は、微塵も妥協することなく奮戦し、多方面にわたる探求を実践し、中国詩歌の最も活発で堅固な部分は、全面的に民間の方に移っているというのが、最早まぎれもない事実である。世紀の交代期、『一九九八中国新詩年鑑』の始動から、民間は再度現代詩歌の出発点と新しい成長点になった。詩壇の沈滞しきった局面がついに引き剝がされ、御無沙汰していた自由主義の息吹が再びそよそよ起こり、特異な才能と透き通る個性のきらきらする新人が頭角をあらわし、生命の体温・人間味の息吹を帯びた詩篇が不断に生み出されようとし、抑え切ることのできない創造精神の噴出は、漢語詩歌を再び奇跡のように活性化させることができた。民間の、狂暴にして開けっ広げな瞬発力、活性と衝撃力ゆたかな芸術の地下水流に向き合えば、それが、新世紀の中国詩歌に対する自信が満ち溢れてくる理由となるのである。

訳注

＊南方　楊克は広西チワン族自治区の河池市南丹県生まれ。現在広東省広州市在住。

＊口水　「唾液」、「唾」の意。「口水詩」という言い方がある。唾液が出るように出るにまかせて、或いは気ままに言葉を文字にしただけのもので、何の価値もないという含意。

詩人の言葉の良知を擁護する　インタビュー

――新しい媒体の拡張によって、新世紀の詩壇に新しい現象が現れました。例えば詩歌の数量は爆発的に増え、詩歌活動は至るところに花開き、詩歌の刊行物や詩歌の選集は勢いよく大量に現れて、玉石混淆、詩歌コンクールは次から次へと尽きることなく独創的な新しさを創り出し、幾つかの大学には相次いで専門の現代詩の研究組織が設立され、詩歌の翻訳は異常な活況を呈し、大量の外国詩人の詩集が出版され、すっかり目移りさせられ、以前は他方面に流失していた詩人が大量にもどって来て、改めて創作を開始し、しばしば瞬く間に関心を集めています。注目に値する現象というのは、詩歌の資金調達のルートが一般化し民間化し、多くの人が喜んで詩歌ボランティアの役を担い、詩歌に金を投ずるのを厭わないということです。このことを根拠に、ある人は、新たな〈詩歌ブーム〉が既に到来していて、中国の現代詩は一九八〇年代の輝きを再現するだろうと考えています。あなたは一九八〇年代からやって来られた詩人ですから、身を以て当時の詩歌ブームを経験していらっしゃいます。あなたは新たな〈詩歌ブーム〉が既に到来しているとお考えですか？

楊克　私が一九九〇年に漓江出版社から出した詩集『トーテムの困惑』は、五千部の発行でした。今年私が人民文学出版社から出した『楊克の詩』は、二十五年まえの発行部数に比べて決して少なくはないのです。一九八〇年代中ごろに出した薄っぺらな『太陽鳥』は、はっきり具体的な発行部数は覚えていませんが、要するに余り多くなかったはずです。一九八〇年代は主に文学関係の定期刊行物の発行量が多く、時には数十万部になりましたが、当時よく売れた本の発行部数は今日に比べて多くはありませんでした。一九九〇年、中レベルの専門職だった私で、給料・ボーナス・手当等々を合わせて、大体二百元ほどの月収でした。比較してみると、『トーテムの困惑』が手にした五千元という原稿料は大金だったということになります。『太陽鳥』の原稿料は、はっきりとは覚えていませんが、七百元か、まあその前後です。でもその時の全国の大金持ちはせいぜい〈万元戸〉で、一冊の小詩集が富豪の年収のほぼ十分の一に近いのです。ところが現在、任意の一不動産会社経営者を見ても資産は百億を超えています。あなたの一冊がもし十億の収入を得るなら、それでやっと当時のそれに相当することになります。一九八〇年代のノーベル文学賞の一千万元近い賞金は天文学的数字です。当時の南寧における最高の家を三百八十戸買うことができましたが、今は北京の一戸を買うことができません。この三十年で全世界の経済は高速で膨張し、文化人の地位は急速に低下していますが、経済的立場の大きな落差と一定の関係があるということを、必ず承認しなければなりません。

一九八〇年代の理想主義は内なる本音であり、精神は開放されていました。今日〈人文精神〉の再建、〈国学〉回帰が言われますが、その実、枠組みは極めて狭く、つまりは〈心を正し、身を修める〉だけで、〈学識・教養〉の範疇に限られています。しかし当時は人々を奮い立たせ高揚させる文字は〈斉家、治国、平天下*〉でした。人々は文学を心から熱愛し、自由に表現することを渇望し、アメリカの『ライ麦畑でつかまえて』、『路上』のような生活の様に憧れていました。私は貴陽から成都に行くことがありましたが、切符が買えず、駅に紛れ込み、「青年文学」を取り出して女性乗務員に指し示して見せました。そこには私が発表したばかりの詩があったので、すぐさま寝台車へ連れていってくれて座らせてくれましたし、うどんを食べさせてくれたのに御代は不要でした。そういう訳で、まず何よりも一九八〇年代の詩歌は単なる賑わいだったのではなく、大衆が心の内から発した、文学に対する尊重、憧れだったのです。

――今現在の詩歌状況と、一九八〇年代の詩歌ブームの時期とは、どんな違いがありますか？

楊　今日、デジタル伝達方式の拡大に従い、ショートメール投稿の詩を読む、ネットの書き込みをする等、どこでも行われ、ものを書くことの敷居は低くなり、書く人が多いというだけでなく、詩歌に関心を持つ人の数も決して小さくありません。想像以上です。魯迅文学賞詩歌賞等は毎回議論を引き起こし、また「口水詩*」が事件になり、ネット上で数十万越え百万越えの非難の書き込みがあり、そのことは決して「詩を書く人のほうが詩を読む人より多い」訳ではないことを物語っています。経済力のある人の数が増大し、詩歌にかける費用も大きく増加し、活動も多くなり、詩歌賞は各種乱発され、賞金のないもの、八万十万に達するもの、五十万のものまで、みんな有ります。詩人、翻訳家の汪剣釗は「部門別賞はゲームに過ぎないのだ。買いかぶってはいけないし、軽んずる必要もない。」と言っています。台湾は一つの島に過ぎないのに、近年二百の文学賞があります。上っ調子が目に付くのが、この時代の通弊です。勿論のこと、詩歌賞は始まりなのですが、今の詩人は読者からの認知度がとても低く、それで互いに確認し合い、互いに暖を取り合っているのだとも言えます。

――あなたの創作歴は既に三十年余りになります。一般には「第三代*」詩人に属するとされ、随分早くから名を知られ、一九八五年にはもう第一詩集『太陽鳥』を出版しました。それからちょうど三十年です。その頃は一人の若い詩人が詩集を出すのは非常に難しいことで、自費出版のある現在とは違っていたと思います。一九八六年、『太陽鳥』は広西省第一回文芸創作「銅鼓賞」も受賞しました。

あなたの創作の最新事情をお話しいただけませんか。

楊　本が出せるのは、まず「詩刊」、「青年文学」、「醜い家鴨の子」等に詩を発表してからでした。これらの出版物は「国レベル」というだけでなく、当時の発行部数は計数十万部、社会の少なからぬ人が、その人が創作をしているということを知ります。偶然の要素もありました。それはつまり、喜んで新人を育てる編集者に出会うということです。さらに結局のところ、その人の詩集が買い手を獲得できるのでなければなりません。当時の一般の人の月給がやっと三十元余り、大学卒業者が五十元でしたが、出版社は印刷費を補塡できませんでした。一九八〇年代のことは措くとして、一九九四年になっても、人民文学出版社が私の『見知らぬ交差点』を出しましたが、その時詩集を「誰々詩選」と呼びたければ、必ず艾青（一九一〇年浙江省生、九六年没）、賀敬之（一九二四年山東省生）の地位があってこそできたことで、巴金（一九〇四年四川省生、作家。二〇〇五年没）、冰心（謝冰心のこと。一九〇〇年福建省生、九九年没）のような人たちにして、ようやく文集を出すことができました。省レベルの賞、ちょうど第一回のそれは、余りにも多くの中老年詩人が数十年間放置されていたのですが、その道に入ったばかりの二十歳を超えたぐらいの青年に与えられたのでした。一九八〇年代のコンクールが純粋だったということが分かります。あの段階での作家、詩人の創作は主に〔ガルシア・マルケスの〕『百年の孤独』の影響を受けていて、私が書いた「花山の方へ」、「紅河のトーテム」等の連作は、辺境の、土着的な巫術文化の色彩を持っています。とは言え、それらは国内の「ルーツ探究文学*」の影響は受けておらず、少なからぬ人たちの考え方が似通っていたということに他なりません。と言うのも、「花山の方へ」は一九八四年に書いたもので、私がルーツ探究に関する文章「境界を幾つも越えて」を書いて発表したのは八五年三月、そうしてやっと四月になって韓少功が「文学の根」を発表したのでした。全世界が背景となっている現代において、ポストモダンの文学探究をするなかで土着の要素に精神を傾注するのは、私の変わることのない初志です。

――「第三代」詩歌は、現在既に比較的安定した現代詩歌史の概念となっていますが、その登場は一九八四年の始まりで、一九八九年になって終結しました。かなり強烈な運動という傾向がありましたから、現在からみると、「第三代」詩歌はテキスト上では案外いくらか脆弱だったのに、それに対する論争はとても大きいものでした。あなたと「第三代」詩歌との関係をお話しいただけませんか。

楊　第三代の詩人のうちで、私は変わり種なのです。ショートメール公衆版「詩歌リサーチ」は言っています。「現代のごく少数の見落とせない詩人として、楊克は第三代詩人のうちでは珍しくテキストの枠を跳び出して、大部分の第三代詩人の弊害、例えば私語のような性格、偏狭なところを克服して、広い視野、強い気概、大きな度量と深く広く届く触覚を備えている。」と言っています。「広場の共通性もあれば、また個人における秘密の方法と貴ぶに値する独り歌いを有している。」と。

ショートメール公衆版の「詩歌リサーチ」が、どんな人のやっているものなのか、私には全く分かりませんが、それは私と多くの「第三代」詩人の区別をしているのです。と言うのも、かつてある時期、自分のやり方は間違っているのかと、いささか疑問を抱きましたが、後になればなるほど私は自分自身の選択は正しい道なのだと堅く信じるようになりました。「第三代」が書くところの〈日常生活〉は、多くは比較的こまごまとした個人の小事なのですが、私の詩歌創作の特色には若干の広がりがあります。「第三代」のなかでも楊煉（一九五五年スイス生、ロンドン在住）、霍俊明（一九七五年河北省生）、趙思運（一九六七年山東省生）、龔奎林（一九七六年江西省生）等が、似かよった見方を示しています。楊克の詩歌は「自己、他者と社会との、融合と齟齬のなかで、底辺にいる人物の存在状態を書き、隠された社会現実に対して関心を持つことを呼びかけている。同時代の社会の痛みを深く掘り下げて、重厚に描き出していて」、それは「詩人の精神史を考察するために、そうしてさらに場当たり的になり、個別的になる中国の現実と歴史舞台のそれぞれに風穴或いはとば口を提供するためであり」、「人民と中国文化の本当の身の置き所」であると。そして張檸、甘谷列と張立群の方は、私の「都市をぶらつく詩作」のもう一つの傾向を言っています。「新しい都市体験に関する表現」であり、「中国のビジネス時代詩歌の典型」であると。哈金が私の詩を「情趣壮大」と言ったことと陳暁明の言った「遥かで広い」は、詩歌のまた別の素質を指摘しています。一九八〇年代の「サマータイム制」から世紀末の「一九九九年十二月三十一日二十三時五十九分五十九秒」まで、そうして近作の「地球——リンゴの半分」まで、私の多くの詩作は、グローバル化を背景にした、時間と空間に対する問いかけ、そして東西の文化の時間差のない対話と激しい衝突に力を傾注しています。時空に対して絡み合うということは、屈原の「天問」*と李白の「将に酒を進めんとす」*の、古くからの主題の現代版なのだと思います。――「第三代」詩人の構成は、現実には大変複雑ですが、当時は一つところに集まって、反逆の旗印をうち立てました。それは朦朧詩に照準を合わせたもので、大きな注目を集めるという効果を産み出しました。

楊　もし〈反詩歌〉、〈口語化〉、〈諷刺〉というような特徴から比較するなら、私の一九八〇年代の代表作である「サマータイム制」等に「第三代」の特徴がよく出ていると思います。ちょうどその頃のことでした。一九八五年、趙野（一九六四年四川省生）たち、彼らが四川大学が外部に貸し出していた黒塗りの部屋における大騒ぎの議論のうちに、「第三代」の大旗を高く掲げようとしていて、折しもそんなところへ私も飛び込んだのでした。一九八七年の「詩刊社」の「青春詩会」に参加していましたが、その第六回、第七回「青春詩会」の詩人である于堅（一九五四年雲南省生）、韓東（一九六一年江蘇省生）、翟永明（一九五五年四川省生）、吉狄馬加（一九六一年四川省生、彝族）、西川（一九六三年江蘇省生）、欧陽江河（一九五六年四川省生）、陳東東（一九六一年上海生）等が一般的に「第三代」だと考えられていました。台湾の「創世記」はまず先に〈朦朧詩〉を紹介し、程なくしてさらに九〇年代初頭に、大陸の「第三代」小特集を出したのですが、その中には私や欧陽江河等が入っていただけでなく、自分は「第三代」ではないと言明していた陳東東が含まれていたし、海子までその巻頭に置かれたのでした。私には「第三代」の確かな意味合いがあまりはっきりしている訳ではありません。何年か前に黄山で徐敬亜、默默、李亜偉の皆さんから「第三代詩人傑出貢献賞」を頂いた時、「第三代」という呼び名を考え出した趙野は、朦朧詩以後に詩を書いた人たちを大雑把に指すということだよと言っていました。当初、徐敬亜は「深圳青年報」上で「現代詩　グループ大展覧会」をやり、王小妮が事前に桂林から私に原稿依頼の手紙を寄こしましたが、私には参加のしようがありませんでした。というのも、流派と宣言がなければならないという明確な要求がありましたが、私にはありませんでした。後に、詩歌の現場にはいない研究者が、全く大展覧会総集編そのものによって「第三代」を研究したのですが、それでも「正確な歴史」ではなかったのです。何故なら、そのうちの相当数はいわゆる流派の一回性の詩歌を消費するだけのもので、それ以前にも書いたことがなく、以後にももう書かなかったという代物に過ぎなかったからです。

――あなたは若い頃に広西の南寧で活動し、あなたの詩歌はその時にも影響を生みましたが、その後どのようなお考えで広州にいらっしゃったのでしょうか？現在、詩歌の世界には一つの見方があります。広州は〈詩歌都市〉であるというものです。多分こんな言い方をするのでしたね。あなたがいらっしゃったばかりの頃、当時の広州の詩歌はどんな状況だったのでしょうか？

楊　一九八〇年代末の自由主義精神の強行終結は、多くの文化人の慌ただしい動きを引き起こしました。ある者は国を出て、ある者は漂流を始め、それらは一つの現象となりました。広西の林白もその段階で北へ漂流したのです。当時は私にも北京へ行く機会がありましたが、広州へ来たのは不意に巡ってきた偶然の機会でした。私事で深圳へ行った折、途中広州に立ち寄ったのですが、当時「作品」の副編集長であり、詩歌編集者の西彤さんが退職し、そのあとに私を当てるという提案が出たのです。広東作家協会の主だった数名の指導者がそろって私を引見し、三十分足らずで移動の件は決まったのでした。私は広州がとても気に入っています。個人の精神の相対的自由が生活にとても根付いている都市で、新聞や様々な業種の開放の度合いは一歩先んじています。私がやって来た頃、広州はまだ〈詩歌の都市〉とは言えませんでした。雑誌「作品」を調べてみれば、すぐ分かります。私が引き継ぐ前、現代的感覚の詩はほとんどなく、発表の詩作品はどれもどちらかと言えば伝統的なものでした。広州の民間発行誌「面影」は、以前には極めて少ない前衛的な詩歌の詩誌でした。当時「面影」の主編に就任したばかりの江城は、そういう状況を変えるために多大な貢献をしました。そういうなかで、北京や上海や各省の若い新しい潮流の詩人の作品のうち、少なからぬものは私が持ちかけて江城に渡したものです。と言うのも私は既に一九八〇年代には彼らと繋がりがあり、しかも広西で既に民間発行誌「自転車」をやっていたからです。黄礼孫たち、彼らが〈前衛〉に変わり始めたのも、「面影」発行に参加してからやっと始まったことです。広東の八〇年代にアバンギャルド精神を有した詩人は汕頭の冰峻と江門の呉迪安たち、そして広州の筱敏、馬莉等の人ですが、まだ広い枠組みに影響を及ぼすことはできず、彼らと省の外の「第三代」詩人をまとめる役割を果たしたのは、深圳にいた王小妮、孟浪等でしたが繋がりはとても小さいものでした。主な部分を構成していた韶関の「五月詩社」、梅州の「射門詩社」、湛江の「紅土詩社」は相対的に伝統的な現実主義の詩歌です。

――現在における広州の詩歌の状況には、確かに他の地域の詩人を羨ましがらせる面があります。多分そこには多方面にわたる要因が含まれていると思います。あなたはどのようにお考えですか？

楊　広州が〈詩歌の都市〉になり、一九九〇年代になってから様々な詩人がやって来ましたし、地元の若い世代の詩人も成長してきました。南方の穏やかな雰囲気には、お互いの間に両者が並び立たないような対立は少ないのです。たとえ追求する詩学は異なっていても、共に食べたり飲んだりし、イベント参加ではみんな顔を立てます。経済的な条件は割合に良く、詩歌活動も多くなり、アンソロジー、民間発行誌の確立につれて、詩歌に対するメディアの後押しが加わり、国内の詩歌界のなかで広州は多少は発言権が増しました。但し私は主要な現象は民間という塊にあると考えています。大学という領域で言えば、広州の高等教育の場からの声は北京上海よりもずっと弱いです。

――私は、あなたがそれぞれの時期に重要な作品を書いて、読者に深い印象を残していることに関心を抱いています。例えば、一九八〇年代の「サマータイム制」、「北の田野」、一九九〇年代の「楊克の現下の状態」、「一九六七年の自画像」、「銀河ショッピング広場」、「書簡」、「逆光のなかのカポック」、「商品の間を散歩する」、「石油」、「電話」、そして新世紀以来の「東莞で小さな田圃に出会う」、「友人のチベット語りを聴く」、「人民」、「柘榴のなかに我が祖国が見えた」、「私の二時間と二十平方キロの空間」、「ゲーテ旧居」

等々ですが、これは極めて容易ならざることであり、あなたが長期にわたって詩から離れなかった結果だと思います。二〇一五年の初めに人民文学出版社から出版した『楊克の詩』にはこれらの作品が収められていますが、この詩集は一つの段階の総決算の意味を持つようなところがありますね。間もなく再版されますよ。この三十年余りの創作過程を振り返って、あなたの心の最も深い所に刻まれているのは何でしょうか？　それぞれの時期において、あなたの創作にはどのような変化が起こったのでしょうか？

楊　私はかつて言ったことがあります。「私が世界に関する詩を書く場合、現実に対する関心の内に現代性を刻み付け、個的な生命を時代の言語状況に溶け込ませ、ある特定の生存空間の要素を目に見える形にするのであり、さらに同時に、そうすることが人類のための創作だと堅く信じています。」私は〈現場〉と〈現今〉と緊張関係を構成し、〈現今〉に向き合い対処する力を発揮できるようにし、私は終始一貫してとことん多くの詩人たちとは異なる探究をしてきました。余華（一九六〇年浙江省生、作家）も類似のことを言ったことがあるようで、私たちは自分が新しい手法の現代主義（モダニズム）創作をしていると考えているけれども、結局のところ最終的な内実は現実に対応する創作だったと気付くのです。例えば、中国人は今は勿論みんなマンデラを知っていますが、一九九〇年には、彼を知っている中国人は数人もおらず、少なくとも誰も彼のことを書いていませんでした。一九九〇年二月十一日、南アフリカ当局が彼を釈放したその日に、私は「ネルソン・マンデラ」を書いたのでした。「真理が真っ白な歯のようにきらめいて／ネルソン・マンデラは獄舎から出た」。中国のその時点で、こういう詩句を書くのは、その意義たるや理解するのは困難ではありません。また例えば近年ある人が文章を書いてい中国だけが彼女——シスターテレサを拒んだ」と言っていましたが、私はべつに彼女を拒絶するようなことはなく、彼女が他界したばかりの一九九七年九月二十九日に、「シスタードラン」を書いたのでした。「ラン」というのは香港での彼女の名前に対する広東語による音訳で、内地における共通語の音訳が「テレサ」であることをまだ知らず、後で分かったのでした。

一九九二年には「商品の間を散歩する」を書き、二〇〇〇年には「太原」を書き、その後「サファアリパーク」等、作品は当時の国民の関心がとても少なかった環境問題・エコロジーに及びました。二〇〇九年には「スモッグ」という詩を書きましたが、この「スモッグ」という語がまだ社会一般の言葉になっていなかったからです。「人民その二」はイラク戦争の後遺症を書き、「驚愕」は林彪の九・一三事件*を書き、「ロムニーニューハンプシャー勝利集会」はアメリカ大統領選挙を書き、「ボールを蹴るあの人を首相に」はユーロの経済危機を書き、「関係と無関係」は国際政治と国内政治の複雑な関係を書いたのでした。一九八七年に「コンピューターゲーム」を書き、二〇一四年に「地球――リンゴの半分」を書いてパソコン通信に触れています。科学技術の人類生活に対する影響は言うまでもないことです。「今はビルディングが都市の作物」からは、中国を読み解くことができます。あなたが例に挙げた詩もまたこのような感じですが、勿論私が呈示したのは詩歌中の現実であり、芸術化された歴史の鏡像であり、人間の一時代です。私は先人の屈原、杜甫のような創作に学び、詩人として言葉の良知を守護することを誇りに思います。時期の異なる作品も、地域的なもの、都市的なもの、国際的なものという三つの言葉で簡単に概括できます。手応えのしっかりあったものは、それがどの時期であれ、作品の水準に余り大きな波はありませんから、かなりの読者に喜んでもらえる作品はどの時期にもあります。

――あなたの創作のなかで、「人民」はとりわけ代表的な作品ですが、それは抜きん出た独自性を有し、大きな影響を及ぼしたからです。楊煉がうまく言っています。「「人民」という一篇は、繰り返され摩耗させられたこの語を逆転させ、それどころか何度もこのように曲折させ、終には帰るべき家もない不運にまで屈折させた。それは出版社や臆病とは無縁、だが詩の自由の理想と関係している。」この詩のなかで、「人民」ということの偉大な語句と命名は、一人一人の姿かたちに復元され、個々の一人としての「人民」の生存真相が目に見える状態になっていて、間違いなく衝撃力に富んだ詩です。この詩のなかで、出稼ぎ労働者、李愛葉、黄土高原の与太者、お喋り女、露天商、小経営主、理髪嬢、放蕩息子、通勤族、酔っ払い、ギャンブル好き、年寄り、学者、荷担ぎ人夫、セールスマン、農民、教員、兵士、御曹司のお坊ちゃん、乞食、医者、秘書（兼愛人）、職場の三枚目或いは脇役、もろもろの職業、あまたの衆生が寄り集まって一緒になり、真実の歴史の断面になっています。詩には叙事の要素がある訳ではなく、殊更な抒情の要素がある訳でもなく、そうしてほとんどむき出しの直接に現れる方法を用いて、ポエジーの生じる通路に転化し、新しい表現効果を獲得し、〈民間創作〉の詩学探究をはっきり示したのでした。あなたの詩作のなかで、このような作品はまだまだ少なくなく、特徴ある明確な個性になっています。あなたはどんなことに触発されてこの詩を書いたのでしょうか？　この詩は、あなたの何らかの詩学探究を表明しているのでしょうか？

楊　〈人民〉は中国で使用されることが最も多く、音量最高デシベルの語です。私はこの詩を書くにあたって、事実を言っただけでした。人民とは、様々な職業の具体的な一人一人の人間であり、思い通りにいっている人、或いは底辺にいる人です。とりわけ「汚れた小銭」のように社会に差し出される底辺の人、弱者であり、それが通常は常に抽象レベルの存在になっているのを解消したのです。私の詩学探究は、私の書いた「シスタードラン」のなかの詩句「貧しい人のなかの貧しい人を愛する、それが真実の生活」に具体的に言い表されています。二〇一一年に九・一一事件が発生した時、私は詩歌教室で学生に言いました。私たちはテロリズムに反対する。アメリカに対する君の印象の良し悪しに関係ない。君はアメリカ政府に反対してよい。但し、君は、突然に暗黒に呑み込まれてしまった、それぞれマイクと呼ばれ、キャサリンと呼ばれた数千の肉体が、瞬時に人の世から蒸発したことに喜びの声を上げてはならない。そのように言いました。これでお分かりのように、私の価値観と事物に対する判断基準はいつも同じです。

（聞き手＝呉投文）

訳注

＊〈斉家、治国、平天下〉　斉家とは一家の暮らしや秩序を整えること。治国とは国を治めること。平天下とは

天下を平和にすること。当時は、天下国家、歴史、社会といった方面に関心があったということを言っている。現在の関心は、内面的なもの、個人的なものという狭い範囲に限られていると言っているのである。

＊「口水詩」　二〇一頁参照。

＊「第三代」　六〇年代生まれ、〈朦朧詩〉以後、八〇年代末から九〇年代に登場した詩人たちを、大雑把な括りとして言う。一九四九年（中華人民共和国成立）から一九七六年（文化大革命終結）までの詩人たちを第一代とし、〈朦朧詩〉を代表とする詩人たちを第二代とし、それに続く第三代ということである。

＊「ルーツ探究文学」　原文は「尋根文学」。一九八五年前後に出現した文学思潮の一つ。現代の意識と視角によって民族文化の遺風と伝統を詳しく観察し、そうすることによって、民族文化の精髄の確認を行い、文化の否定的要素を批判的に探ろうとした文学作品。

＊「天問」『楚辞』のなかの長詩。憂憤を抱いて、天地宇宙に問いかけている。

＊「将に酒を進めんとす」　楽府のスタイルを踏襲した古体の詩。奥深い歴史意識と枠を感じさせない空間感覚を示している。

＊林彪の九・一三事件　七六頁参照。

世俗の感情を損ねるのは芸術家の特権である

詩人楊克大いに余秀華を語る

現在、著名な詩人楊克が深圳ブックセンターを訪れ、読者との交流を行い、彼の詩歌創作の経験とそこから感じるところを読者と分かち合っている。楊克は中国の重要詩人であり、何度も招きに応じて、日本、オーストリア、ドイツ、フィンランド、ノルウェー等の多数の国家と地域の詩歌交流活動に出席しており、国内外の詩歌創作に対して、自身の独自の観察と思考を目指している。そこで記者は、目下の詩歌界における多くのホットな話題について彼を取材した。

余秀華の詩は感情強烈、衝撃力がある

記者の取材は、最近ネットで話題沸騰の詩人余秀華（一九七六年湖北省生）の話題から始まった。ここ一ヶ月、「農民、脳性麻痺患者、詩人」というレッテルによって、更に「中国の大半を通り抜けてあなたを寝に行く」（張競訳）と題する詩が加わることによって、「余秀華」という三個の文字は火山のように爆発し、無料インスタントメッセージアプリ「ウェイシン」仲間のなかで注目の語彙となった。現在既に二つの出版社が急ぎ余秀華詩集の出版を契約した。余秀華と余秀華の詩は、大衆メディアと詩歌界によって、熱のこもった議論がなされ、彼女の詩の水準がどうのこうのと言う前に、それぞれが讃嘆しているのだ。

余秀華の詩を論ずる前に、楊克は何よりまず、多くのメディアのニュース見出しが「農婦脳性麻痺詩人余秀華一夜にして話題沸騰」と書いているけれども、これはとても非文明的なやり方であり、明らかに人間を尊重していないと感じたのだった。余秀華の詩に対する全体的な印象として、楊克はなかなか好いではないかと感じている。彼は言う。「好い詩というのは幾つもの方向性を持っています。李商隠の詩こそが好い詩だというわけでもありません。「人生古より誰か死無からん、丹心を留取して汗青を照らさん」*は老若皆が知る美しい言葉です。「上邪、山無陵、天地合、乃敢与君絶」*もまた好い詩です。余秀華の詩は感情強烈、衝撃力があり、私が年鑑詩選を編集するなら、きっと彼女の詩作品を収めるはずです。」

「中国の大半を通り抜けてあなたを寝に行く」は、余秀華の最も広範に流布し、論争の最も多い詩作だ。ある評論家は言う。「この詩は浅薄であり、巧みであるとは言えず、甚だ滑稽でさえあり、伝統文化を損ねている。」楊克は決してそのようには考えない。彼は言う。「「修辞はその誠を立つ」*。余秀華に関して言うなら、その詩はとりもなおさず彼女が心の底から言う本当の話であり、同時に、世俗に逆らってもの申すのは芸術家の天然自然の特権であり、道徳の高みからの判定は不必要な詩なのです。」

それから「余秀華は脳性麻痺と農婦の立場だから、注目されるのだろうか」という見方が比較的広く行われている。楊克は余り詩をそのことに絡めて考える必要はないと感じている。彼は言う。「その注目に一体何の不都合があるのでしょう？　詩人はいつも人道主義を唱え、いつも唇にヒューマニティを掛けているのではないでしょうか？　たとえそのような要素があるとしても、弱い立場の人と障害のある人に温もりと思いやりを与えるというのも、詩と人の本義です。現在、大衆と各方面からの注目によって、余秀華の詩集は万という数が発行され、彼女の生活情況は多少改善されましたが、これは良いことではないでしょうか？」

良い詩は批評家の批評と大衆の閲読による〈裁断〉に耐えなければならない

余秀華の話題から、話が広がり及んだのは、他でもない、標準答案は出せないと決まっているような話題だった。そもそも好い詩とは何か？　これは、国民的詩歌論争が起こるたびにほとんどどの論争にも共通する話題だ。この問題に対して楊克は自分の理解する「好い詩の尺度」について語った。「好い詩とは何でしょう？　詩歌作者たちの仲間内では変異が強調され、それに対してその外では常態を好みます。読者の尺度は人類の普遍的感情であり、単純明快な深さです。例えば、詩人顧城は嘉陵江を描写して「喪章を付けた帆掛け舟が／ゆっくり通り過ぎてゆく／暗い黄色の屍布が広がっている」（「結束」部分）と書きました。詩人たちはその技量が偶然に得た独自性を称賛しますが、千年百年前ないしは千年百年後の人々はただ韓愈の「水は青き薄絹の帯を作《な》す」（五言律詩「厳大夫を桂州に送る」）だけを読むのです。余光中（一九二八年南京生、台湾大学外文系卒）は詩集『白玉苦瓜』が自慢だったにもかかわらず、最後には人々が偏愛する『郷愁』に屈服することができただけだったし、さらに戴望舒（一九〇五年浙江省生、五〇年没）は暇にまかせて作った一篇によって却って有名になった〈雨の巷の詩人〉です。舒婷の「橡に寄す」は、批評家と詩人は皆、それほど好いとは思っていなかったと見ていいけれども、多数の人の言うことが、終には却って人を動かしてしまったのです。」

その外の話題は〈国際化〉だ。著名な中国研究家も含む評論家は考えている。中国の新しい詩歌の百年近い歴史で、大胆に打ち破るということのなかった原因は、詩人がずっと己の生活に固執して、〈外へ出てゆく〉ことがなく、交流、対話、意思疎通、そして国際的背景の重要性をないがしろにしてきたことにある。しかし、楊克は〈国際化〉はそれほど重要ではないと感じている。「歴史上多くの偉大な詩人だって国際的背景は何にもありませんでした。例えば李白は当時世界のその他の国の詩人とどんな交流がありましたか？

ドイツの詩人ゲーテは傑出した詩篇を書きましたが、

ゲーテは中国文化にとても興味を持っていて、私は彼の旧居を参観したことがあり、北京の間と呼ばれる広間がありましたが、実際のところ、彼と中国詩歌にはそれほど多くの交流があったとは思われません。それでも彼は交流があったと同じように、優れた作品を書くことができました。」楊克は言った。「芸術家には二種類があって、一つは交流、対話、相互補完、意思疎通を大きな背景として傑作を書くという人です。ところが間違いなく、少なからぬ優れた芸術家は他と何のやりとりもなく、異文化に対する知識はとてもすくなくても、ある詩人などは極端にも自分と同じ都市に住む詩人とも往き来がなく、まして国際化のなかの交流など言うまでもないという人です。」

中国において詩歌に我々が言うような〈周縁化〉は起きていない

詩歌に関しては、このところ矛盾に満ちた現象がある。一方で誰もが詩歌は〈周縁化〉したと言っていて、一方で詩歌活動ときては非常に多く催され、しばしば詩歌に関する全面的な論争が起こったりするのであり、とりわけ大型文学賞の選考は、いつも詩歌の話題には事欠かない。

〈周縁化〉の問題に対して楊克の感ずるところは「情況は案外にまあまあ好転しています。」というものだ。彼は言う。「中国の前世紀八〇年代は社会の転換期だったので、人々は文学にとても関心があり、とりわけ詩歌は熱気がありました。当時は他の方面の娯楽も少なかったのです。その後、皆は金を稼ぐことに忙しく、発展することに忙しく、少しばかり詩歌をないがしろにしました。でもここ数年、情況は案外にまあまあ好転していると思います。去年五月私は東莞でフランス詩人アンドレ・ウェルダーと朗読会をしました。音楽の演奏を除けば、歌も踊りもその他の出し物もなく、一人一人の朗読が主だったのに、何百人もの聴衆が来ました。後に又東莞で台湾詩人洛夫と朗読会をやり、七百人が来ました。だからやはり人々の大部分が詩に関心がないとは言えないのです。もう一つの変化は、スマートフォン、インターネット上にも詩歌に関心を持ち心から愛する人がとても多くいて、ウィイボー、ウェイシンでも些かの詩が転載されています。」

楊克は例を挙げた。「広東ではここ数年ずっと〈小学生詩歌祭〉を開催していますが、この活動には毎年数万の小学生が参加し、最も多い時は、一篇の詩が三万回転載されました。三万人の転載というのはとても大きな読者群なのです。何故ならばウェイボーの一つ一つにはたぶん数百、数千、数万、数百万のファンがいるからです。このことは、中国において私たちが言うような詩歌の〈周縁化〉は起こっていないということを説明しています。詩集の発行数は上向くことのない状態が続いていますが、こんなに多くのウェイシン、ウェイボーが転載され、詩歌の閲読は停止していないのです。」

「どうして人は今も詩歌に関心をもつのですか？」楊克は言う。「中国は文学の伝統を有する国なのです。中国人はどうしてネット上で詩歌に悪態を吐くのでしょう？　もし本当に無関心ならば悪態を吐いたりしません。」

（取材＝深圳特区報記者・鐘潤生）

訳注

＊「人生古より……」　宋・文天祥の七言律詩「零丁洋を過ぐ」より。「丹心」は忠誠の真心。「汗青」は歴史書又は歴史。

＊「上邪……」　漢代楽府民歌の一部分。作者不明。意味は、「天よ、高い山が平地になり、天と地が合わさるというなら、私は敢えてあの人への思いを断ち切りましょう」。

＊「修辞は……」『易経』より。「詩文は己の真実の感情を表現するものでなければならない」の意。

『楊克詩選』訳者後書き

竹内新

本詩選の詩作品は、『楊克の詩』(二〇一五年、人民文学出版社)から採っている。全六集のうち、第一、二集の詩篇を選んでⅠとし、同様にして第三、四集からⅡを選び出し、第五、六集からⅢを選び出した。「自由な李白」と「「年鑑」の原則、立場、手順および編集大綱」は、〈広西当代作家叢書〉『楊克の巻』(二〇〇四年、漓江出版社)から採った。「詩人の言葉の良知を擁護する」は、呉投文によるインタビューを抄訳した。「世俗の感情を損ねるのは芸術家の特権である」はインターネットの「バイドゥ(百度)」に拠っている。いずれも楊克の詩の立場が具体的に分かり、読者にとっても身近に感じられるようなものになるのを期待して選んだ。『楊克詩選』の訳出に際して今更ながらに思ったことが二つある。

一つは「生きている李白」ということ。言わずもがなのことでもあるが、李白は詩人楊克のうちに生きているということを実感した。それだけでなく多数の古典詩人が現代詩人の心のうちに生きている。例えば西川(一九六三年〜)のうちにも、屈原や李白や白居易を始めとする古典詩人が生きている。

私の内に中国の古典詩人がいつも生きているとはとても言えないし、日本の古典歌人でさえ私のなかに根を下ろしているとは言えないだろう。李白に関しても、西行に関しても多少の知識は持ち合わせてはいるものの、私のうちに古典文化の伝統が根付いているという感じはないし、自覚的に向き合っているとは言えない。それに比べると、中国の現代詩人の多くは、古典詩人を、より身近に感じているようなのだ。勿論、私たちと同様、或いはそれ以上に西洋（南北アメリカを含む）詩に目を向けているようなのだが。

今更ながらに思ったことの二つ目は、「民間」という中国語のこと。楊克は詩の「民間立場」を強調している。「民間大使」とか「民間外交」とかいう中国語もあるから、「官」（「国家機関」・「御上」）に対する「民間」である。「民間歌曲」なる言い方もあり、この場合、民謡ということだから、民衆の生活・労働の中から生まれた歌（民謡）だ。「民間故事」は民話、民間伝承だ。これらは殊更に「官」を意識したものではなく、「世間」、「世の中」と言ってもいいぐらいだ。「官」は権威・権力に固執し、歴史にこだわる。

私は「在野」或いは「市井」という日本語も思い浮かべ、さらに、一人独立して、言わばフリーの立場で（経済の論理とは別の論理を拠り所にして）表現活動をする、というとらえ方を追加し、さらに自分を丸ごと一つの団体に預けたり、全面的な権力の庇護のもとに置いたりしない、という意味さえ追加した。通俗的に、『水滸伝』に登場する好漢たちの立場、或いはそれを支持する庶民たちの立場というのもアリなのかなと思った。

思うに、現代中国の成立に当たって、文学・芸術、なかんずく詩はもともと民間のものだった。というより、安定した「官」が存在したとは言えなかった。外国勢力が入り込み、各地にそれぞれの「官」が乱立していた。あらゆる事物が「民間立場」の状態だった。新しい「官」が成立してゆく過程では、民衆・民間のエネルギーに依拠しなければならず、文学・芸術はそれを明確化し、集約化し、また広めるものとして求められたのだった。例えば、映画『黄土地』（邦題『黄色い大地』）で、八路軍の文化宣伝工作団員の顧青は、黄土高原の寒村の貧しい家に泊り込んで「民歌」を採集（聞き書き）するのだった。言わば「創業」の段階では「官」「民」の区別は目立たなかった。「官」は「民間」に依拠しなければならず、助け合わなければならなかった。ところが「守成」期になると、「官」「民」の姿勢に違いが生じてくる。「官」はそれまでに身に付けた方法に拘り、それを「官」の方法にしようとする。「民」は新しい生活の中から「民」の主題・方法を見出す。楊克の言う「民間立場」とは、それを確保する場所になろうか。そこは「表現の自由・独立性」そして「思考・探求の自由」の場所なのだろう。

一方、詩人西渡（一九六七年〜）は、「民間立場」を批判して、「民間」なるものなどはなく、あるのは「独行する個人」なのであり、「民間」の行き着く先は、一方では金太郎飴のようなクローン詩であり、一方では「大衆歓喜」であると言っている。詩の大衆化と「官」との一体化、そこから生じる、批判精神の希薄化を恐れたのである。

ここまで書いてきて、私の気掛かりは、自分が中国現代詩の現場をどの程度理解しているかという点であり、翻訳するにあたって、どの程度磁場を共有できているかという点である。詩人たちが「独行する個人」だとして、その視線の方向・視野の内にあるものも気になる。楊克の「民間立場」はいつまでも私の関心事であり続けそうである。

訳者略歴

竹内　新（たけうち しん）

一九四七年、愛知県生まれ。名古屋大学文学部で中国文学を専攻する。八〇年から八二年にかけて二年間、中国の吉林大学で日本語講師をつとめる。著作に詩集『歳月』、『樹木接近』、『果実集』（第五十五回中日詩賞）、訳詩集『中国新世代詩人アンソロジー』（正・続）、『麦城詩選』、『田禾詩選』、駱英『都市流浪集』『第九夜』がある。

楊《ヤン》克《クー》詩《し》選《せん》

著者
楊《ヤン》　克《クー》

訳者
竹内《たけうち》　新《しん》

発行者
小田久郎

発行所
株式会社思潮社
〒一六二—〇八四二　東京都新宿区市谷砂土原町三—十五
電話〇三（三二六七）八一五三（営業）・八一四一（編集）
FAX〇三（三二六七）八一四二

印刷・製本
三報社印刷株式会社

発行日
二〇一七年四月三十日